ジャガイモ農家の村娘、剣神と謳われるまで。

Jagaimo nouka no muramusume, Kenshin to utawarerumade.

2

有郷葉
Arizato You
Illust. 黒兎ゆう

CONTENTS

Jagaimo nouka no muramusume,
Kenshin to utawarerumade.

第一章

〈トレミナボールII〉

Jagaimo nouka no muramusume,
Kenshin to utawarerumade.

統一暦八六七年四月上旬。

ジャガイモ畑も元通りになり、休み期間を終えた私達は故郷を後にした。

コーネガルデに辿り着いたのは、学園の始業二日前。コルルカ先輩も明後日が叙任式で、そのまま騎士の任務に就くらしい。

「明日は丸一日訓練だ。叙任式後、即ミラーテさんに下剋上戦を申しこむ！」

先輩は意気揚々と王都の実家に帰っていった。

ミラーテさん、気の毒に。先輩はかなり根に持つタイプだ。自業自得ではあるんだけど。

下剋上戦について改めて説明すると、これはランキング上位者に挑戦できるシステム。月に一回だけ権利を行使でき、勝てば順位がそっくり入れ替わる。

ランキングはお給料にも大いに影響するので重要だ。

皆、割と頻繁に下剋上し合ってるみたい。

そんな権利、私は使うつもりないけどね。騎士としての順位なんて何位でもいいよ。いつまで続けるかも分からないし。

そういえば、学生と騎士、私はどちらを優先すればいいんだろう？

まあ、何か通達があると思うし、普通に学生をやっておこう。

荷馬車を返却し、私とセファリスは約一か月ぶりに寮へ。

「あと一日お休みがあるのよね。明日は二人で買い物にでも行かない？　最後の休日はパァーと遊びましょ！」

自室に入るや、姉はベッドに体を投げ出した。

そんなに気を緩めていていいの？

私はちゃんと感知で気付いてるよ。もうそこまで来てる。

どうやらお姉ちゃんのお休みは今日までのようだ。

部屋の窓が勢いよく開き、レゼイユ団長が。ちなみにここは二階。

「我が弟子セファリスよ、訓練の時間です」

「きゃ――――――――っ！」

団長は絶叫するセファリスをベッドから抱え上げる。

そして、定位置の小脇に。

もはや完全に人さらいだ。

窓には鍵がかけてあったのに……、うん、普通に壊れてるね。

え、団長、こっちをじーっと見つめてる。

まさか私もさらう気？

程なく彼女は思い出したように「あ」と呟いた。

「セファリスも騎士にするのでした。姫様の許可はもらっています」

「ほんとですか！　師匠！」

「もうお前にはその力があります、我が弟子よ」

「……やった。私、とうとう騎士に」

「では叙任式を始めます」

「へ……？」

レゼイユ団長はセファリスの頭にわしっと手をやった。

「団長の名においてセファリスを騎士にします。ついでに、騎士団への入団も認めます。はい、おしまい」

……雑すぎる。

私の時も大概だったけど、これに比べれば全然マシだったな。

「……私、騎士に、なったの……？」

きっと今、お姉ちゃんの頭の中では、騎士に憧《あこが》れていた頃の思い出がぐるぐると。

理想と現実のギャップは大きい。でも、これまで色々乗り越えてきたお姉ちゃんなら大丈夫だよ。また成長して戻ってきてね。

「さあ、我が弟子騎士セファリス、行きますよ。おっと、装備もいりますね」

「これが姉のです。どうぞ」

一式が詰まった袋を渡すと、団長は再び私の顔を凝視。

たぶん、また何か思い出そうとしてる。

「そうそう、ジルちゃんから伝言を頼まれていたのでした。騎士トレミナ、明日の朝十時に装備を整えて演習場に来るように、とのことです」

そう言うとレゼイユ団長は入ってきた窓から外へ。

ふむ、どうやら私のお休みも今日までのようだよ。

何と戦わすつもりだろう。さすがに神獣じゃないと思うけど。


お休み最終日。

言われた通り、私は支給された騎士服に、フル装備で演習場にやって来た。

騎士の姿が結構見受けられる。非番の人達が自主練に訪れてるのかな。

わ、視線バチバチの二人。

あれは絶対、これから下剋上戦だね……。

エントランスで周囲を見回していると、普段着のジル先生を発見。

装備をつけてない、ということは、相手は先生じゃないのか。ま、十中八九、隣に立っている人だよね。

長い黒髪の大人っぽい女性だ。

微笑《ほほえ》みながら彼女の方から話しかけてきた。

「お呼び立てしてすみません、トレミナさん。私はロサルカと申します。あなたのご活躍を伺い、どうしても一度手合わせをお願いしたくなりまして」

この人は、見た目通り本当に大人っぽい。ミラーテさんと違って。

ご活躍って、やっぱり先日の狼《おおかみ》達の件だね。

噂《うわさ》になってるのかな。困ったな。

だってこのロサルカさん、かなりの手練れだし。マナはかろうじて私の方が多いくらい。つまり、相当な量だ。

戦闘技術や技能面では、間違いなくあっちが上だろうし。

ジル先生以外にもこんな騎士がいるなんて。

私と手合わせしたいって、戦うのが好きなんですか？

うーん、お断りしてもいいだろうか。

と先生の方をちらり。

「いけません。これはあなたのためでもあるのです。彼女はとても特殊なタイプなので、トレミナさんも勉強になるでしょう。戦っておきなさい」

「その前にまだ勉強することが……。私、基本の強化戦技すら未習得です」

「ですので装備の技能を使って構いません。ロサルカの方は自身の技能と、武器に付与されたものだけを使用します」

それ、あまりハンデになっていない気が。

顔に書いてありますよ、先生。限られた技能でどうやって私が切り抜けるのか、楽しみでしょうがないって。

ロサルカさんが足音もたてずに私の目の前へ。

「私も楽しみなんです。トレミナさんがどんな方法で私の技を凌がれるのか」

直接言ってきた。

それもまた微笑みながら……、何だろ、体がぞくぞくする。

……あれ？

さっきまで周りに人が結構いたのに、誰もいなくなってる。

皆、どこに行ったんだろ……？

「では始めましょう。第一闘技場を確保してあります」

ジル先生、待ってください。その人、すごくやばくないですか？

結局断れず、私は再びこの戦いの場に戻ってきた。

ただ、今回は観客が一人もいない。

別に大勢の人に見られたいとか思ったことはないけど、……今日は、いてくれてもよかったかな。

体がぞくぞくする……。

ジル先生はお馴染みの審判員の位置へ。

向かい合って立つロサルカさんを改めて観察。

黒髪のせいか黒煌合金の鎧《よろい》がよく似合っている。武器は……、棒？と思っていたら、先端から
シュッと魔法の刃《やいば》が生えた。

棒から変化したその形状は、大鎌《かま》だ。

「まず戦闘態勢をとらせていただきますね」

そう前置きしたロサルカさんの全身が一層黒くなっていく。

まるで彼女にだけ夜が訪れたみたい。

この変貌《へんぼう》を待っていたようにジル先生が。

「彼女は騎士団唯一の闇属性保持者、死神ロサルカです」

ぞくぞくの正体が分かった。

震えているのはマナだ。

闇の特性は吸収。捕食の危機にマナが哭いている。

だけど死神って……。

ランキング上位者になると、能力に合った通り名が付けられていたりする。閃光の騎士、とかね。

それがよりにもよって、……死神。

ジル先生、ひどすぎませんか。

私、半月前に死にかけたばかりですよ。全く笑えない冗談です。

…………。

……死んだり、しませんよね？

ロサルカさんは準備運動でもするように大鎌をブオンと振った。その刃が真っ黒に変色していく。

彼女の鎌、私の剣と似た感じかと思ったけど、違うみたい。

自分の属性を刃に付与できるんだ。

私の視線が武器に行っているのに気付き、ロサルカさんはフフと笑った。

「そう、この鎌は属性を反映させることができます。ですが、トレミナさんの〈プラスソード〉のように、自在にサイズを変えることはできません。そして、私の体を覆っているのは〈**闇の護り**〉とい

う防御結果です。チェルシャさんと違って、飛べたり形を変えたりはできない仕様ですよ」

これは、あえて教えてくれてる？

「通常は対戦相手の能力は知っているものですので。私もトレミナさんの手の内は装備も含めて存知上げていますから。ここはフェアに、ということです。では、まずこの状態で接近戦を挑ませていただきます。強化技能は使いません」

ご親切にどうも。

じゃあ、こちらも準備します。

マナを〈闘〉に。

〈プラスソード〉は刃渡り五メートルほどの大剣にした。

私の支度が整ったのを見て、ジル先生が「始め！」と開始の合図。

ロサルカさんが音もなく駆け出す。

私の間合いに入ってきたところで、マナの大剣を振り下ろした。

彼女はそれを大鎌でいなして難なく回避。

そのまま刃を滑らせながら接近してくる。

う、剣のマナが吸われる。

これなら自分で収納した方がマシだね。

〈プラスソード〉を縮め、バックステップで距離を稼ぐ。

突きと同時に再び剣を伸ばした。

ロサルカさんは鎌の柄《つか》で受け止める。

刃部分じゃなくても〈**闇の護り**〉で覆われているので、接触しただけでマナを持っていかれる。大剣の先端が溶けた。

……これはダメだ。

武器を合わせるだけでどんどんマナを吸収される。

接近戦、……すごく不利だよ。親切に教えてくれたから思わず乗っちゃったけど……。

視線を送ると、ロサルカさんはまた微笑みを返してきた。

罠だったみたい。

穏やかな空気を纏《まと》っているけどかなり食えない人だ。気を付けないと。

「接近戦、やめます。〈**トレミナボール**〉使いますよ」

「分かりました。では私は攻撃に、〈**オーラスラッシュ**〉に闇属性を付与した〈**ダークスラッシュ**〉を。防御に〈**闇の盾**〉を使わせていただきます」

律儀《りちぎ》にまた……。

もうその手にも、あなたのペースにも乗りませんよ。

剣を鞘《さや》に収めると、手の中にマナ玉を作った。

〈**トレミナボール**〉、発射。

「闇霊よ、盾となって私をしばらく守ってください。〈**闇の盾**〉」

空中に出現した黒い板がボールを食い止める。が、すぐにヒビが入り、粉々に砕けた。

飛んできた玉を、ロサルカさんは大鎌でサクッと。

あえなく〈**トレミナボール**〉は消失した。

そして、黒い粒子が集まり出し、壊れたはずの〈**闇の盾**〉が復元されていた。主人を守るようにその周囲を旋回する。

あれが「しばらく」ってことか。

盾と鎌、二つを破るには威力を上げるしかないね。

小手の〈**オーバーアタック**〉を発動。

即座にマナ玉を形成して投げた。

〈**トレミナボール**〉は〈**闇の盾**〉を易々《やすやす》と貫通し、大鎌の刃も砕く。

しかし、ロサルカさんは体を傾けてこれを避《よ》けた。

「さすがに、強化されたこのボールを完全に吸収するのは無理ですね」

ん？　吸収……？

そうだ、闇属性の盾と刃で受けてるんだから、ボールのマナも奪われてるよね。

「次はこちらから参ります。闇霊よ、刃に宿ってください」

死神が鎌を振ると、闇の波動が生み出された。

相当な威力だ。〈**プラスシールド**〉展開。

二重の盾でどうにか耐え抜く。

……え、マナが持っていかれる。

まさか、遠距離攻撃でも吸収できるの？

フフフとロサルカさんの笑い声。

「トレミナさん、勘違いなさってますね。私はあなたを接近戦に誘導したわけではありませんよ。近距離でも遠距離でも、私が有利なのですから」

あ、吸収されすぎてマナの量が逆転してる。

……こんなのありだろうか。マナ切れの心配が全くいらないなんて。

減るどころか時間と共に増えていく。

闇属性って、最強の属性じゃない……？

「闇霊よ、しばらく刃に宿ってください」

ロサルカさん、また「しばらく」ですか。その意図は分かりますけどね。

彼女はブオンブオン大鎌を振り、連続で〈ダークスラッシュ〉を放ってきた。

私は〈闘〉からさらに纏うマナを増やす。

闘技場の壁に沿って走り、闇の波動をかわしていく。

受けたらマナを吸収されて、ますますロサルカさんを優位にしちゃうから。

ここから反撃に、ともいかないわけだけど。強化した〈トレミナボール〉でさえ、吸収の上、回避されてしまう。

うーん、どうしたものか。

ジル先生に目をやると、さあどうしますか？　という顔。

楽しんでらっしゃる。

この試合自体、私を試すもののような感じがする。

ロサルカさんはまだ本気を出していない。使っている技能もたぶん基本中の基本。その気になれば容易に私を倒せると思うんだよね。

二人共、私に何を期待しているの？

とにかく、降参します、は通用しないということだ。

勝つ方法は、分かってはいる。

それは、大技で一気に仕留めること。これしかない。

ロサルカさんって間違いなくナンバーズだろうけど、ジル先生より上には行けていない。先生も彼女と戦う時は強力な攻撃で早々に決着させるはず。時間が経《た》てば立場が逆転しかねないから。

と攻略法は分かっていても、なかなか簡単にはいかない。

何しろ私にはそんな大技はないので。

ないので、今から作るよ。

実は私、もう〈**トレミナボール**〉だけの女じゃない。

あと一つ使える戦技がある。〈**気弾**〉だ。掌《てのひら》からマナ玉を撃つ技で、〈**放**〉を習得したからできるかな、と試していたらできた。

そう、マナ玉を掴《つか》んで投げる〈**トレミナボール**〉はこれの強化版になる。

威力で劣る〈**気弾**〉が何の役に立つのか、と思われるかもしれない。

ところが、とても役に立つんだよ。〈トレミナボール〉と合体させることによって。

「どうしました、トレミナさん。もう打つ手なしですか？」

駆け回っているだけの私に、焦れたロサルカさんが。

「物事には順序があります。今から核心に入りますから」

「え？　はい、お邪魔をしてしまい、申し訳ありません……」

では気を取り直して。

〈トレミナボール〉は構築した後は投げるだけ。手から離れるまでの間に別の技能を挿む余地がある。

つまりその間に〈気弾〉の発射準備に入り、両者を融合させることができれば……。

なお、合体は絶対条件。

〈気弾〉の速度　＝　〈放〉による速度
ボールの速度　＝　〈放〉による速度　＋　投擲《とうてき》による速度
同時に放っても〈トレミナボール〉時間差〈気弾〉になってしまうよ。

二つを一つに出来て初めて、新たな必殺技と言える。

とりあえず、やってみよう。

まずは精一杯のマナ玉を作成。

これを持っている手に〈気弾〉用のマナを集める。

そして、両方をくっつけて……、あれ？　くっつかないな。

マナ玉の方は完成して独立しちゃってるからか。

どうしようかな。
……玉に自分のマナだと誤認させるといいかも？
~私の精神世界~
ちょっと〈トレミナボール〉さん、まだあなたのマナが残ってますよ。
『いえいえ、それは私のマナじゃありません。全然違います』
え、本当ですか。待ってくださいね……。
これでどうです？
『やや、私のマナがこんな所に、……と思いましたが違いますね』
……厳しいですね。
じゃあ……。〈トレミナボール〉さん、今度こそどうですか？
『おお、私の半身がなぜそこに。しっかり引っつけておかないと』

~現実世界~
よし、同調成功。
今、〈気弾〉のマナはボールと私の双方に属している感じだ。
あとはボールが手を離れる瞬間に〈気弾〉を発射すればいい。
あ、〈オーバーアタック〉使ってない。今回はいいか。

それでは、新必殺球、参ります。

「あなたっ！」

叫んだのはジル先生。

この時、私は初めて先生の〈**全**〉を見た。

どうしたんだろう？

もう投擲動作に入ってるし、投げちゃいますよ。

ロサルカさんめがけてマナ玉を投げた。と同時に〈**気弾**〉を発射。

新技、〈**トレミナボールⅡ**〉。

シュパッ！　ドッシュ――――――――！

放った刹那《せつな》、ボールから衝撃波が。

しまった、劣勢だったから考えてなかった。この球は、やばい。

なんて思う暇はなかった。

私、とうとう人を殺して……。

しかし、いつの間にかジル先生が庇《かば》う形でロサルカさんの前に。

マナ全開の状態で球をキャッチした。

「くっ！　止めきれない！　ロサルカ！　吸収！」

「は！　はいっ！　全力で吸います！」

ロサルカさんの〈**闇の護り**〉が両手を伸ばすように、先生が抑えこんでいるマナ玉を包みこんだ。

その闇の結界、形状変化できるじゃないですか。

嘘《うそ》つきましたね、ロサルカさん。やっぱり食えない人だった。

と見ている間に私の新必殺球は消滅した。

ジル先生は一息ついたのち、私をキッと睨《にら》む。

「……トレミナさん、何を投げたんです？」

……〈**トレミナボールⅡ**〉です。

何と言えばいいか分かりませんけど、……ごめんなさい。

ロサルカさんは恍惚《こうこつ》とした表情で膝《ひざ》をついた。

「……ジル様が止めてくださらなければ、私、死んでいました……」

どうしてそんなに嬉《うれ》しそうなんですか。

やっぱりこのお姉さんは危険だ。

一方で、ジル先生は手の中にマナ玉を作って見つめていた。

「トレミナさん、これと〈**気弾**〉を融合させたと言いましたよね？　どうやったのです？　無理ですよ」

「え、できますよ。マナの質を似た感じにして同調させるんです」

「それが無理なんです。質感を似せても引っつきません」

「ちゃんと〈**トレミナボール**〉さんを欺いて、誤認させないとダメですよ」

「何ですか、〈**トレミナボール**〉さんって」

今一つ伝わらないので、ボールとのやり取りを全て説明した。

話を聞き終えた先生は一時停止。

「……ありえません。自分の技能と精神領域で対話するなど。いえ、技能はマナの集合体、意思を宿していても不思議は……、ないのでしょうか？　とにかく、普通は不可能です。特殊な精神性を持つあなただから為せる業でしょう」

だそうな。

ともかく〈トレミナボールⅡ〉は私の四つ目のオリジナル技として登録されるらしい。今回のは他の人はそう簡単に真似《まね》できないだろうと。

できても団長くらいだって。……なんか嫌だな。

「私が〈全〉を使ってもあの状態だったのですから、他の者なら即死です。絶対に人に向けて撃たないように！」

撃ちませんよ。コルルカ先輩にせがまれても撃ちません。

だけど、……〈オーバーアタック〉使わなくて本当によかった。

やっぱりこんな試合で、ぶっつけ本番で技を作るのは危険だね。

〈トレミナボールⅡ〉の構想を練り始めたのは【白王覇狼】との一戦の後から。あのクラスの神獣相手だと、攻撃があまり通じなかったためだ。

私は力を欲した。

二度とあんな……、あんなジャガイモ畑の姿を見ないで済むように。

とりあえず、この〈**トレミナボールⅡ**〉があれば畑に悪さする獣は追い払える。これからは変な技は作らないようにしよう。

と心に誓っているとジル先生が。

「技能と対話できるなんて大変な才能ですよ。トレミナさんはこれからいくつもの新技を生み出すことになるでしょうね。ジャガイモにかまけている暇はないと思いなさい」

「なんてことを言うんです。私の心を読んでわざと言ってるでしょ。もう帰らせてもらいますよ。試合の方はいいですね？」

「ええ、トレミナさんの勝利です。ロサルカ、それでいいわね？」

「はい、私の負けです。見事に下剋上されてしまいました」

……下剋上？

いやいや、そんなの申しこんだ覚えはありませんけど。

まさか、……また仕組まれていた？　そして私、また引っ掛かった？

ジル先生がくすくすと笑う。

「実力に見合ったランクに上がってもらっただけですよ。あなたは今から、ナンバーズのナンバー5です。これからは私服で構いません。その騎士服を着るのは今日が最初で最後ですね」

いきなりランキング五位に。

やられた、学生を優先するどころか、騎士として最前線で戦う羽目になった。まだ十一歳なのに。

恨みがましい視線を注いでいると、先生はため息。

「これはトレミナさんのためでもあるんです。ナンバーズは基本的に個人活動。部隊に所属する必要がないので学生としての時間も取れるでしょう」

そうだったんですね。

思いっ切り睨んじゃってすみません。

「けど、ロサルカさん、私と順位入れ替わって大丈夫ですか？　下には昨日騎士になった姉がいるだけですよ」

「平気です。隣の第二闘技場にナンバー6をお呼びしていますので。フフフ、私、数字の中では6が一番好きなんです。では失礼して、下剋上して参ります」

ロサルカさんは大鎌をクルクル回しながら闘技場を出ていった。

……これがコーネガルデ騎士団。

なんて忙しい世界なんだ。

ジャガイモ農家の村娘、剣神と謳われるまで。

Jagaimo nouka
no muramusume,
Kenshin to
utawarerumade.

第二章

トレミナ先生

Jagaimo nouka no muramusume,
Kenshin to utawarerumade.

統一暦八六七年四月上旬。

いよいよ今日から新たな一年が始まる。

騎士としても、学生としても、だ。

まず騎士としての話から。

コーネガルデ騎士団にとっても今日は大きな節目の日。

学園を卒業した約八百人が加わり、三千人を超える規模になる。当然ながら、全員が基礎からしっかり学んだマナの使い手。

リズテレス姫の精鋭部隊構想が着々と進行中なんだけど、ちょっとありえない状態になりつつある。

通常、コーネルキアのような小国では、マナを習得しているのは親衛隊なんかの十人程度なんだよね。大国でも百人いるかどうか。

つまり、軍隊としてはもう世界最強と言っていいと思う。

神々と戦うんだから、これくらいでちょうどいいのかもしれない。

そんな最強の軍隊に加入する約八百人は、姫様から一人一人頭に剣を乗せてもらう。何時間も掛かるけど、一生の思い出なので全員やってあげるらしい。

私の叙任式、手早く済まされたわけじゃなく、あれがノーマルだったようだ。

結局、一番気の毒なのはセファリスということ。

その姉は例によって一昨日さらわれてから帰ってきていない。

何となく、今回は前より長い訓練になりそうな気がするよ。お姉ちゃんには新たな一年も節目もあったものじゃない。

ちなみに、私は今日の叙任式には出なくていいと言われている。

騎士の仕事も要請があった時に動けばいいそうなので、普段は学生として過ごすことにした。

というわけで、ここからは学生としての話。

「本日からこちらのトレミナ先生が指導員に加わります。皆さんご存知でしょうが、トレミナ先生はナンバーズ。敬意を持って遠慮なく相手してもらいなさい」

ジル先生は四年生達を前に、三年生の私をそう紹介した。

……なぜ、こんなことになったのか。

思い返してみても全く分からない。

今朝、普通に登校し、クラス割りを見て新しい教室に入った。

すると、ものの数分でジル先生が呼びに来て、言われるまま学園所有の黒煌合金武具を装備。そして、ついてくるように言われ、現在に至る。

「先生、どういうことですか」

「トレミナさんはこの学園で私に次ぐ実力者なのですから、こちら側に立つのは当然でしょう。座学や技能、精霊に関しては私がマンツーマンで教えてあげますから、一緒に実技の指導に当たってください」

「だったら、あのクラス割りは何です？」

「籍だけ置く感じですね。それにあなた、教えるのは結構向いていますよ」

そうでしょうか。まあ、やるだけやってみます。

四年生の実技では、通常の訓練用武具（鉄や木素材）を使った授業の他、騎士と同じ姿で手合わせをする授業もある。生徒達も私同様、学園の武具を借りて身につけていた。

ジル先生や他の教員達が生徒の相手を始めたので、真似して私もやってみる。

最初の人は男性。見た目的にはもう騎士と変わらない体格だ。四年だから大体皆そうなんだけど。

あっちと同じマナ量にして打ち合い開始。

やはりと言うべきか、学年末トーナメント（四年生の方）で戦った人達と比べると、マナの操作技術がつたない。

具体的に言ってあげた方が分かりやすいかな？

「今の攻撃から防御に移るところ、もう少し判断を早くした方がいいです。

同じタイミングで反撃しますからやってみてください。

——そう、——そうです。

いいですよ。この調子でいきましょう。

————。

あ、その攻撃は踏みこむ足にもっとマナを回した方がいいです。

気持ちさっきの五割増しで。

——はい、いいですね。

断然重くなりましたよ。この調子です」

手合わせが済むと、私の周りには人だかりが。

皆さん、どうしたんですか。

「トレミナ先生！　次は私と！」

「いや！　俺とお願いします！　トレミナ先生！」

遥かに年上の人達から先生と呼ばれるのは変な気分。

しかし、この状況はいったい……。

「皆、分かっているんですよ。トレミナさんとの打ち合いが上達の近道だと。冷静に考えながら戦うあなたのスタイルから、絶対に教えるのも上手だと思っていましたよ」

なぜか誇らしげにジル先生。

と人の壁がサーッと左右に分かれた。

このマナは覚えがある。学年一位の彼女だ。

「へへ、アタシにも一つ稽古《けいこ》つけてくれよ、トレミナ先生」

授業にかこつけて教師をボコボコにしようって魂胆の不良。

にしか見えないんですが、エレオラさん。

エレオラさんの武器はナックルだ。

両手の拳から小手部分まで黒煌合金のカバーで覆われている。どうやら盾の役割も果たしているみたい。

彼女は私に向かってファイティングポーズをとる。

「どうせなら技能ありの勝負にしてくれない？　そっちのが燃える」

「いいですよ。その代わり、私も〈闘〉で戦いますね」

「え……、やっぱいい。やめとく」

「いいじゃないですか、そのままで相手してあげなさい。トレミナ先生の実力を示す良い機会です」

ジル先生、面白がっていますね。

近頃やたらと私で遊んでいませんか？

なんて楽しそうな顔、……ん？

先生は素の表情に変わり、「ただし」と。

分かってますよ……。〈トレミナボールⅡ〉は投げません。投げるわけないでしょう。普通の〈トレミナボール〉だって危ないのに。

でも、他の技能なら使ってもいいかな。

「分かりました。その条件で手合わせしましょう」

「っしゃ！　燃えるー！」

エレオラさんは、アタック、ガード、スピードのゲインを発動。

……私がまだ習っていないのは知っているはずなのに全強化とは。

あなた、プライドないのですか？

「実力とやらを見せてみな！　試合開始だ！」

言うが早いか距離を詰めてきたエレオラさん。

繰り出される拳や蹴りを、かわし、盾で防ぐ。

マナの量は一緒なので、あちらの強化分、私の方が苦しい状況にある。だから、マナを素早く移動させることで補っているよ。

剣を振り始めてからインパクトまでの間に、マナを防御仕様から攻撃仕様へ。

ガキィィン！

両手でガードしたエレオラさんの体を一メートルほど弾《はじ》き飛ばした。

観戦中の生徒達から「おお……」と声が。

「ちっ！　さすがだトレミナ先生！　だてに先生やってないな！」

うん、ついさっきなったばかりだけどね。

チンピラ女子はさらに後方へと跳び退《の》いた。

「雷霊よ、アタシの体に宿れ！　〈サンダーアーツ〉！」

ほう、彼女も全身を覆う技を。最近流行《はや》ってるのかな。

実際、理にも適《かな》っているんだけど。

近接戦闘タイプのエレオラさんの場合、攻防一体で役立つから。

再び突進してきたエレオラさんの拳を盾で受ける。

ビリビリ痺《しび》れた。

すかさず剣で反撃。手甲で止められる。

またビリビリ痺れた。

付き合ってられません。接近戦はここまでです。

パンチを盾で防ぎ、そのまま強く押し返す。

体勢が崩れた彼女の懐にスッと入る。斜め上から剣を振り下ろした。

「ぐあぁぁ――――っ！」

茶髪の不良娘、大地に伏す。

が、すぐに起き上がった。

まあ、今のはそれほどマナを込めてないので。接近戦では私に分があると伝われば充分。

「このアタシが近接で全く敵《かな》わないなんて、さすがトレミナ先生だよ……。だったらこれならどうだ！　雷霊よ！　アタシの拳に宿れ！」

おや？　今度も雷属性？

「食らえ！　〈**爆裂雷撃連射パンチ**〉！」

戦技なのに大声で叫んだ。そういえば、さっきの〈**サンダーアーツ**〉も戦技だね。私は人の趣味をとやかく言わないよ。

「オラオラオラオラオラオラ――――ッ！」

エレオラさんは右手で高速ジャブ。

雷の弾丸が私に向かって次々飛んでくる。

これ、たぶん彼女のオリジナル技だと思う。ネーミングがあれだし。

けどなかなかの威力だ。おそらくエレオラさんは一属性しか取ってないタイプ。その分、完成度を高めているんだろう。

あと、彼女の特性なのか、攻撃の一瞬だけマナの質が上がる。気合を込めてる、というやつかな？

この辺りが学年一位の秘訣に違いない。

同級生の人達では、彼女の技を凌ぐのは難しいはず。

でも、まだ改善の余地はある。

盾で防御しつつ、私は剣にマナを集める。

そして、タイミングを見計らって放った。

〈オーラスラッシュ〉。

武器を用いるだけで仕組みは**〈トレミナボール〉**と同じなので、できるかなとやってみたら、できたよ。ただし、マナは抑え目。

「ぐあぁぁぁ――――――っ！」

茶髪の不良娘、再度大地に伏す。

剣を収めた私は彼女の前で屈んだ。

「今の爆裂なんとか、結構隙間《すきま》がありましたよ。クランツ先輩の似た技を受けましたけど、あちらは一発一発しっかり狙ってきていました。雑になってはいけません。学年一位の自覚を持ってください」

「……はい、トレミナ先生。精進します……」

＊

私は全学年で実技の指導員をすることになった。

つまり、下級生達の監督もするということ。下級生と言ってもほとんどが年上なんだけど……。

今更ながら、コーネガルデ学園入学者の平均年齢は十四歳くらいらしい。

九歳で入学した私はかなり早い方になる。でも、最年少ではないよ。いくら私でもそんなに記録ずくめじゃない。最年少の人は八歳で入学し、十二歳で騎士になったんだって。騎士記録の方、塗り替えてしまって申し訳ない限りだ。

入学したばかりの年上の一年生達も、私が指導側にいることに当初は驚いていたけど、すぐに慣れてくれた。

年下の私が言うことをちゃんと聞いてくれるかな、と思っていたら案外大丈夫だったよ。ナンバーズの看板が役立ったから。

……役立ちすぎたと言うべきかな。

「トレミナ先生！　その歳《とし》で騎士団の五位ってすごすぎです！」

「どうやって守護神獣二頭を倒したんですか！」

「そんなに小さいのになんて強さ！」

「小さくてどんぐりみたいで可愛《かわい》い！」

先生をどんぐり呼ばわりすることは許しませんよ。

こんな雰囲気だけど一応尊敬はしてくれているようなので、授業はまじめに受けてくれる。皆、素直でいい子達だ。ほとんどが年上なんだけど。

私も皆のために一生懸命……、また来た。

グラウンドを横切って茶髪のヤンキーが駆けてくる。

「おーい！　トレミナ先生！　アタシとも手合わせしてくれよ！」

エレオラさん、自分のクラスに、というより自分の学年に戻ってください。

彼女は欲望に正直で、強くなることに貪欲《どんよく》だ。私に稽古をつけてほしいと、しょっちゅう授業を抜け出してくる。

何だか、昔やたらと私になついてきた野良犬を思い出すよ。

しょうがない、一回だけ相手してあげますから、それで帰ってくださいね。

「四年の学年一位を子分にするなんて！　さすがトレミナ先生だわ！」

「学園一の悪を手なずけるなんて！　トレミナ先生すげー！」

はい、皆さん、静粛に。手なずけるとかまるで犬みたいじゃないですか。エレオラさんに失礼ですよ。

手合わせを終えた彼女は、しぶしぶ元の場所へ戻っていく。

何か思いついたようにくるりと振り返った。

「いつも世話になってる礼がしたいし、今日はうちに寄ってくれよ。親父《おやじ》がパン焼くからさ」

あなたのお父さん、パンは毎日焼いてるでしょ。パン屋なんですから。

放課後、思いっ切り打ち合いがしたい、と顔に書いてありますよ。

でも伺います。

久々にあのポテトサラダサンドウィッチが食べたくなってきた。

決してパンで買収されたわけじゃないよ。

というわけで、学校帰りにパン工房エレオラへ。

このお店、実はカフェが併設されていて、焼きたてパンと一緒にコーヒーや紅茶を楽しめる。私は利用したことないけど、今日はそこでいただこうかな。

と店内に入ると見知った顔が。

テーブルに山の如《ごと》くパンを積み上げたチェルシャさんがいた。

……何かの選手権ですか？

「トレミナ、なぜここに」

「パンを食べに来ただけですよ。チェルシャさんもでしょ？」

「その通り。けど食べたいものはパン以外にもある」

「なんですか？」

「あそこにいるあれ」

そう彼女が視線で指した先には、同じようなパンの山。

テーブルについているのはリズテレス姫だ。

まさか姫様もあんなに食べるの？　と近付いてみると、パン山の向こうにもう一人いた。

うーん、どこかで見た覚えのある少女だけど……。

あ、狼達と一緒にいたドラゴン、の人型。

私はリズテレス姫の隣に座った。夢中でパンを貪る少女を観察する。本当の彼女は巨大な竜で、今の体は魂を入れて動かしている人型。

ユウタロウさんが言うには、人型とは人形のようなものらしいけど、どう見てもやっぱり人間にしか思えない。

年齢は私と同い年くらい。身長も同じ百五十センチ前後かな。

濃い赤色の瞳に、背中まで無造作に伸びた金髪。

本当にどう見ても人間だ。

それにしても、すごい勢いで食べるな。

「じろじろ見るな。食べづらいだろ」

「そうは見えませんが」

「見えなくても食べづらいんだよ。……お前、マジで人間の子供か？」

「はい、人間です。私は普通の子供ですよ」

「どこが普通だ。どうなってるんだよ、この国は……」

彼女はちらりと姫様に視線を送る。

「コーネルキアはいい国です。ドラゴンさん、守護神獣になったんですか？」

「なるわけないだろ！　こんな、う……、話し合い中、だ」

テーブルの下を覗《のぞ》くと、リズテレス姫が彼女にリボルバーを向けていた。

あれはこの前の魔導銃。なるほど、こうやって大人しくさせていたわけか。

でも、隙を見て竜になられたら危なくない？

確か体長四十メートルはあったよ。

「その心配はないわ。彼女が手首につけているリングは魔導具なの。あれがある限り、魂は器から出られない」

姫様は自分の手首の腕輪を見せ、「こっちで制御するのよ」と。

そうか、人型は力が半減する。竜の状態じゃちょっと厳しいけど、今の彼女なら私でも倒せそう。

ドラゴン少女は恨めしそうにリングを睨む。

逆の手で触れようとして、バチッ！　と弾かれた。

どうやら自分では外せないみたい。

「我が国に所属してくれないか、現在このキルテナさんと交渉しているのよ。なかなか了解してくれなくてね、困ったわ」

悩ましげな表情で、リズテレス姫は銃口をぐりっと少女に押しつけた。

……これは交渉じゃなくて脅迫だ。

おそらく飴《あめ》と鞭《むち》作戦。

常に命を握りつつ、美味《おい》しいパンを与える。

ドラゴンさん、えっとキルテナさんって言ったっけ。

……食べづらくないですか？

私も少しお手伝いしようかな。

パン山に突き刺さったサンドウィッチを取った。

「これ、おすすめですよ。たぶん中のポテトサラダは、パンを卸しているポテリアーノというレストランのレシピをもらって作っています。このサンドウィッチは奇跡の一品です」

「それに気付くとはさすがだな！　トレミナ！」

別のテーブルからチェルシャさんが叫んだ。

受け取ったキルテナさんは一口パクリ。

「うまい……。この国の食べ物はドラグセンのものより遥かにうまいな。というより、国民の生活レベルが違いすぎる。コーネルキアは豊かだ」

「じゃあ、守護神獣になってくれますか？」

「それは、……できない」

「この調子よ。本当に困った人、いえ、神獣だわ」

とリズテレス姫は私の顔をじっと見つめる。

……嫌な予感がするよ。

これは結構な確率で現実になる。

なぜなら、今まで何度も経験しているから。早々に退却した方がよさそうだ。

「さて、私はそろそろ帰りますね」

「あなたまだパンを食べてないでしょう。トレミナさん、噂は聞いているわよ。先生として素晴らしい才能を持っているようね」

「それほどでもないですし、あくまでも人間相手の話です。神獣は」

「神獣も同じよ。私、これ以上は時間を割けないのよ。チェルシャさんに任せると食べてしまうかもしれないし。お願いね、トレミナ先生」

手首にカシャッと制御リングがつけられた。

……退却、ならず。

リズテレス姫はテーブルにゴトリと拳銃を置いた。

これに、キルテナさんの体が反射的にビクッと。すっかり恐怖心が植えつけられているようだ。

店内の明かりに照らされ、黒煌合金の魔導銃はどこか妖しげに輝いている。

それから姫様は腰のホルスターと予備弾入れを外し、こちらも卓上に。

「トレミナさんにあげるわ。魔導銃はマナの操作が複雑だけど、あなたならこなせるはずよ。弾がなくなったら、マリアンさんの所でもらえるから」

「はい、どうも。ですけど、私は一応遠距離技が使えますよ」

「〈トレミナボールⅡ〉のことは聞いているわ。素晴らしい技を編み出したわね」

「何だ、そのまぬけな名前の技能は」

キルテナさんが名称に食いついた。

言っておきますけど、私が好きで付けたわけじゃありませんので。

元々はジル先生が……、って説明するのは面倒だね。説明しなくていいか。

と思っていると、チェルシャさんがカレーパンを齧《かじ》りながらキルテナさんの背後へ。

「まぬけな名前だけど、その貫通力は超上級クラス。〈トレミナボールⅡ〉を見た時がお前の最期だと思え。トレミナ、仕留めたら肉を分けてほしい」

そんな予定はないです。

姫様、話を戻してください。

「威力では〈トレミナボールⅡ〉に劣るけど、銃弾は火風地雷水と五属性揃《そろ》っている。発射速度も射程も優れているから、トレミナさんの役に立つはずよ」

私はテーブルのリボルバーを手に取った。

確かに、竜態のキルテナさんを撃った時はすごい爆発だった。

姫様みたいに戦技は追加できないけど、精霊を全く扱えない私にはとてもありがたい。

「じゃあ、いただいておきます。ここぞという時に使いますね。この弾、結構高価でしょうし」

「値段は気にせず、必要に応じて使ってちょうだい。生産体制も強化しているのよ。近々、魔導銃を運用する部隊も作る予定なの」

そう言ってリズテレス姫は席を立った。

チェルシャさんの方は大量のパンを袋詰めしてもらい、一緒に店を出ていく。早速クリームパンを食べつつ、彼女は私に視線を。

「トレミナ、もう技能も精霊も、習得する必要なくない？」

……え？　そんなことないと思うけど……。

まあ、後で考えよう。

今はとにかくキルテナさんだ。

押しつけられてしまったものは仕方ない。ちゃんと面倒を見ないと。

さっき聞いた話によると、二つのリングは二十メートル以上離せないらしい。つまり私達は常にセットで行動しなければならないということ。

「キルテナさん、私達も行きましょう。まずは寮を案内します」

「待て、トレミナ。あと少しパンを食べさせてくれ。……こんなふわふわなパン、ドラグセンにはなかったんだ。普通のテーブルロールがなんてうまさだ！」

ふーむ。案外、食べ物だけで充分この国に所属する理由になるのでは？

私は銃を突きつけたりしないので、金髪の少女は解き放たれたようにパンを貪り始めた。さっきの、あれで食べづらい状態だったんだ。

ただ待っているのも暇なので、紙とペンを借りてきた。

装備も含めた現在の私の技能を、ここに書き出してみようと思う。

とりあえず、ざっと書いてみるかな。

［私］
〈トレミナボール〉　中、長距離攻撃。

〈トレミナボールⅡ〉中、長、超長距離攻撃。
〈気弾〉　　　　　近、中距離攻撃。
〈オーラスラッシュ〉近、中距離攻撃。

［剣］
〈プラスソード〉　近、中距離。範囲攻撃。
［魔導リボルバー＋火風地雷水の銃弾］
　　　　　　　　　中、長距離。範囲攻撃。

［盾］
〈プラスシールド〉　防御。

［鎧］
〈セルフリカバリー〉回復。
［小手］
〈オーバーアタック〉一発強化。
［すね当て］
〈ステップ〉　　　　機動術。

……ん？

近、中、長距離の攻撃に、五属性の高速砲。

さらに、防御技、回復技、強化技、機動術。

これ、一通り揃ってるよね。というより、かなり完璧に近い気がする。

うん、これはあれだ。

もう技能も精霊も、習得する必要なくない？

ジャガイモ農家の村娘、剣神と謳われるまで。

Jagaimo nouka
no muramusume,
Kenshin to
utawarerumade.

第三章

キルテナ

Jagaimo nouka no muramusume,
Kenshin to utawarerumade.

私はキルテナさんを連れて寮の自室に戻ってきた。

「この部屋は私ともう一人で使っているんですけど、今はいないからそっちのベッドで寝てくれていいですよ」

セファリスはもう二週間も帰ってこない。

ジル先生によれば、今はドラグセンにいるらしい。騎士になって早々、ハードな任務に就いているようだ。いや、訓練だっけ？

何にしても、そのうち強くなって戻ってくるだろう。

ベッドに座ったキルテナさんは、確認するように布団に手を沈めていた。

「やはりこの国の民は皆、こんなにいい暮らしをしているのか……」

「ドラグセンってあまり豊かじゃないんですか？　大国なのに」

「大国なのは軍事力ゆえだ。財政は非常に苦しい状況にある。だからコーネルキアの経済力が喉から手が出るほどほしいんだ。一方で、次々に新たなものを生み出すこの国の技術を警戒もしている。だが、いつまでもそう慎重にばかりなっていられないだろう」

「戦争は避けられないんですね。キルテナさん、コーネルキアの守護神獣になってくださいよ」

「……無理だ。絶対に負けると分かっている側につくことなんてできない」

ドラグセンには国を統べる五竜という恐ろしく強い神獣達がいるそうだ。かの国の軍事力とは、この五頭の戦闘力に他ならない。

主だった戦力としては、五竜の下に二十将というのがいる。それより下のドラゴンは、彼らの力に引かれて群がっているだけなんだって。

「キルテナさんも群がっている一員なんですか？」

「し！　仕方ないだろ！　去年外界に出てきたばかりなんだ！　他においてくれる所なんて……」

同族の大先輩を頼ったというわけか。

出てきたばかりってことは、彼女は結構若いドラゴンなのかな？　人型も子供だし。

「キルテナさん、実年齢を教えてもらっていいです？」

「いいぞ。十一歳だ」

「いえ、実年齢ですよ？」

「だから、十一歳だ」

……そんなに若い守護神獣、聞いたことない。というより、その若さで守護神獣になれるわけがない。

こう思うのにはちゃんと理由がある。

「つまり、十歳で修羅の森を抜けてきたということですか？」

尋ねると、キルテナさんは初めて得意げな表情を見せた。

「私は竜族の最強種【世界樹竜】の生まれで、さらに神童と謳《うた》われた逸材だからな。五、六回死にかけたが、無事あの地獄の森を突破した！」

あ、割とギリギリだったんですね。

順番に、まずはこの世界のことから説明するね。

私達のいる大陸には、中央に巨大な森が広がっている。神獣の森と呼ばれ、その中心にあるのが世界樹だ。

世界樹は高さ一万メートル以上ある大樹で、この半径約千キロは神獣達が子育てする保護区になっているらしい。

保護区の外側約千五百キロに渡って続くのが、世界で最も危険な超巨大ドーナツ地帯、修羅の森になる。暮らすのは保護区出身の神獣達で、齢数百歳の化け物がうようよと。弱肉強食の、まさに修羅の世界だ。

保護区を出た若い神獣は、身を潜めて生き残るのが精一杯。

まして千五百キロにも及ぶ旅なんてできるはずがない。

ギリギリでも何でも突破したんだから、キルテナさんが神童と呼ばれていたのは本当かも。

ただ、彼女はどこかコルルカ先輩に似ている。見栄を張るタイプってことだ。

たぶん死にかけたのは五、六回どころじゃない。その倍、いや、五倍くらい命の危機に瀕したはず。

ちなみに、修羅の森の外縁に広がるのが野良の森だよ。野良神達はここで生まれ、その外側、人間の世界にちょっかいを出してくる。

なので、守護神獣になるのは、保護区出身で修羅の森を抜けてきた神獣なのが一般的。黒白狼達みたいに例外もあるようだけどね。

まとめると、大陸中央には、世界樹、保護区、修羅の森、野良の森、からなる神獣の森が広がっていて、その外に人間が沢山の国を作っているということ。

コーネルキアは北西の位置にあるよ。

世界に思いを馳《は》せていると、キルテナさんが「なあ」と。

「トレミナの実年齢も教えてくれ。どんぐりみたいで小さいから八歳くらいじゃないか？　当たってるだろ？」

「私には実年齢しかありませんし、どんぐりでもありません。キルテナさんと同じ十一歳ですよ」

「本当か。なんだ、じゃあ敬語使わなくていいよ。名前も呼び捨てで頼む」

「そうするよ、キルテナ。何だか長い付き合いになりそうな気がするし」


キルテナと共同生活を始めて二日目。

段々と彼女のことが分かってきた。

いや、あっちが本性を出してきたというべきか。

どうやらキルテナはずっと猫を被《かぶ》っていたようだ。竜のくせに。

リズテレス姫と違い、私には殺す気がないと気付いたんだろう。

緊張が解け、急に馴れ馴れしくなった。まるでエレオラさんだ。うーん……、もっとひどいかも。

まあ一言で言うと、かなりうっとうしい。

「ここのご飯、うまいけど量が全然足りないぞ。なあ、トレミナ、昨日の店にパンを食べに行かないか？　いいだろ、なあ？」

寮の食堂で夕食をぺろりとたいらげたキルテナ。

私の腕をカクカク揺らしてせがんでくる。

「私、まだ食べてるから。寮母さんが気を遣って多めに入れてくれたでしょ」

「でも全然足りないんだよ。なあ、行こう。なあ」

「私、この後勉強したいから。一人で行ってきて、ってできないか」

「できないんだよ。なあ、行こう。なあ、なあ」

……うっとうしい。

きついのは彼女と二十メートル以上離れられないことだよ。日課のランニングも向こうが嫌がったので、昨日の夜は断念せざるをえなかった。

一時的に誰かに代わってもらおうと思っても、キルテナ（人型）より強くないと危険なので、ナンバーズクラスでないと無理、という話になる。

今日と明日、学園はお休み。明後日、ジル先生に相談してみよう。

この二日間は我慢するしかない。

「分かったよ。私が何か作ってあげる」

「トレミナ、料理できるのか？」

「できないけど、やってみる。食べたら大人しくしててね」

「私を満足させることができたらな。言っておくが、ちょっとやそっとの出来じゃ私は納得しないぞ」

……うざい。

とりあえず寮の台所に移動し、残っている食材を確認。

ご飯はある。あとは、ハム、卵、玉ねぎ、ピーマン。

焼き飯でいいか。

では、人生二度目の料理、始めます。

まずは、ハム、玉ねぎ、ピーマンをみじん切りに。

シュカカカカカカッ！

「なんて包丁さばき！　抜群の安定感！　かつ目にマナを集中させないと見えないくらい高速だ！　マジで素人か！　トレミナ！」

大袈裟だよ、キルテナ。

次に、大きめのフライパンに油を引いて火炎板に……、もうちょっと火力がほしいかな。強火で一気に仕上げた方が美味しいと思うんだよね。

どうしよう。火霊を操れる四年生呼んでこようか。

待てよ、確か……。

「キルテナ、レゼイユ団長と戦ってる時、前脚に炎纏ってなかった？」

「ああ、〈**火の爪**〉だ」

「じゃあ、これの火力、ちょっと上げられる？」

「造作もない。神の技を見せてやろう」

言うことがいちいちうざいけど、お願い。

彼女が手をかざすと、火炎板の火が一回り大きくなった。

言霊もなしに。やっぱり神技はすごく応用が利くね。

改めてフライパンを火炎板に乗せ、順番に材料を投入。

短時間で仕上げに掛かる。

ジャッ！　ジャッ！　ジャッ！　ジャッ！　ジャッ！

「なんてフライパンさばき！　米が宙を舞っている！」

だから大袈裟だって、キルテナ。普通に炒めてるだけだよ。

味付けは、鳥ガラスープの素、鰹だしの素、醤油《しょうゆ》とお酒を少々、すりおろしニンニク、最後に塩で調整。

完成っと。

どうぞ、召し上がれ。

「うまいっ！　米はパラパラでありながらも内部にしっかり水分を閉じこめている！　味付けも絶妙！　これは金の取れる焼き飯だ！　いや！　いくら払っても食べられない焼き飯だ！」

本当に大袈裟なんだから。と私も一口味見。

うん、なかなかの出来だね。

キルテナは空になった皿を掲げた。

「トレミナ！　お前は神か！」

神はあなただよ。おかわりね。

夢中で焼き飯をかきこむ少女を見て、ふと。

「キルテナ、コーネルキアの守護神獣になる気になった？」

「……む、無理だ。どれだけ焼き飯を盛られようと、無理だ……」

結構、揺らいでるよね？


キルテナを押しつけられて四日目。

今日から登校で、当然ながら彼女もついてくる。

ジル先生に相談しようと思ったけど、相談してもどうにもならない気がしてきた。リズテレス姫も、引き取り手がなくて持て余してたみたいだし。

私まだ、ナンバーズとして一度も出動してないんだよね。たぶん学生だからって気を遣ってもらってる。

結局、時間のある私が一番適任なのかも……。

チェルシャさんも今日から任務だって言ってたしね。

昨日の休みはチェルシャさんの案内でグルメツアーをしていた。コーネガルデの、屋台から少しお高いレストランまで。

キルテナはもう大はしゃぎだった。

彼女が命懸けで修羅の森を抜けてきた理由はそれだったから。

人間の食べ物が美味しいというのは世界樹周辺でも知られていて、こっちに憧れてる神獣は結構いるらしい。

とはいえ、命まで懸けるキルテナは、神獣の中でも相当な変わり者、あるいは食いしん坊に違いない。ドラグセンの食事には絶望したようだけど、昨日は夢が叶《かな》ったと嬉しそうにしていた。

じゃあ、もういけるでしょ。

「キルテナ、コーネルキアの守護神獣になる気になった？」

学園の校舎を眺めていた少女はくるりと振り返った。

「無理だ。夢を叶えてもらったからといって、命を懸けることはできない」

あなた、夢のために何度も死にかけて地獄を渡ってきたんでしょ。

これはもしや……。

「粘れるだけ粘って、より美味しいものを引き出そう、とか考えてない？」

「そ！　そんな意地汚いこと考えるか！　私は神だぞ！」

「ふーん。粘りすぎて姫様に狙撃されても知らないから」

「うっ……」

早速ジル先生に相談を持ちかけるも、返ってきた答は「できる限りトレミナさんにお願いします」だった。

やっぱり私より暇なナンバーズはいないようだ。

なので、キルテナ同伴で授業をすることになった。

「学生寮でも思ったけど、マナを使える者がこんなにいるとは、マジで信じられない。量は大したことないけど」

「彼らは私の同級生、三年生だから。四年生はもうちょっと多いよ」

「どうしてトレミナは同級生を指導し、先生と呼ばれているんだ？」

「……私が訊きたいから」

「お前のマナ量は群を抜いてるから納得ではあるけど。なんだその量は」

「私は人より長く〈錬〉ができるんだよ」

「〈錬〉……。私達神獣には適さないあれか」

神獣と人間では、マナの習得法、鍛え方が全く違うらしい。神獣のそれは、世界の理《ことわり》に反するとかで人間に教えてはいけないんだって。

錬気法は人が独自に編み出した修練法ということだ。

神獣に適さないのは当たり前。

生徒達との手合わせ中にもかかわらず、キルテナはずかずかと私の所へ。

「分かるぞ、トレミナ。人間が自分達に合うように生み出した錬気法。それに一際マッチしてるのがお前だろう。神としては見過ごせない存在だ」

「見過ごせなきゃどうするの？」

「こういう場合、我々の間では古来より力によって解決すると決まっている」

野蛮な神達め。

竜族の少女は私をビシッと指差す。

「私に〈トレミナボールⅡ〉とやらを撃ってみろ！　受け止めてやる！」

そうきたか。

きっとパン工房エレオラでのことがずっと引っ掛かっていたんだと思う。チェルシャさんが、見た時が最期、なんて言ったから。

でも、今のキルテナじゃ絶対に止め切れない。

「やめておいた方がいいよ。本当に死んじゃうからできないって」

「何だとー！　面白い！　撃たなきゃ耳元で一晩中騒ぐぞ！」

……うざいな。

そうだ、〈トレミナボール〉の方をⅡだと言って投げよう。キルテナはどっちも見たことないし。

「ただし！　中途半端な威力だったらやっぱり耳元で一晩中騒ぐぞ！」

……うざいにもほどがある。

仕方ない、何とかなるか。

「分かったよ、投げてあげる。けど、マナを全開にして手に集中させること」

「そのボール、投げるものなのか？　そこまでする必要ないだろ」

「あるの。それから両手を前に出して姿勢を作っておいて。ほら、早く。言う通りにしないと投げないよ」

「あ、ああ……。トレミナ、ちょっと怒ってないか？」

……なんだか、学年末トーナメント（二年生）、セファリスとの決勝を思い出す。早く済ませよう。

キルテナが捕球体勢になったのを確認。

よし、これで数秒はもつはず。実際に見ればあっちも納得するでしょ。

あとは私の方からコントロールして消滅させれば大丈夫だ。

「じゃあ、投げるよ。絶対に動かないでね」

「お、おう」

〈トレミナボールⅡ〉、発射。

シュパッ！　ドッシュ――――――――――ッ！

投げた次の瞬間には、マナ玉はもうキルテナの手の中に。

「ぐおおっ！　な！　何だこれは――！」

彼女は必死に抑えこもうとするも、球の勢いは全く衰えず。

もう充分だね。ここで消滅、

……あれ？

……できない。

どうしてだろ……、あ。

キルテナが自分のマナでボールを覆ってるからだ。私のコントロールが遮断されちゃってる。

やばい。マナの膠着状態で彼女はもう動くこともままならない。

キルテナ、死んじゃう。

「も！　もうダメだー！　最期にもう一度トレミナの焼き飯が食べたかった！」

昨日、色んなごちそう食べたでしょ。なぜ私の焼き飯なの。

そんなこと言わなくても、見殺しになんかしないよ。

助けるには、もうこれしかない。

手首の制御リングに手を添えた。

キィィィィン！

キルテナのリングが粉々に砕け、その体が光に包まれる。

瞬時に大きく広がったかと思うと、そこには体長四十メートルを超える巨竜が。

と〈**トレミナボールⅡ**〉が前脚を弾いた。

深緑の鱗《うろこ》に覆われたドラゴンは、ズズン！　と倒れこむ。

「トレミナさん！　どうして解除したのですか！」

校舎からジル先生が叫びながら走ってくる。

「すぐに仕留めないと！　風霊よ！」

「待ってください。大丈夫ですから」

私がそう言った直後、ドラゴンの巨躯はこつぜんと消えていた。

とぼとぼと金髪の少女がこちらに歩いてくる。

「……トレミナ、私がバカだった。……助けてくれて、ありがとう」

「キルテナ、コーネルキアの守護神獣になる気になった？」

彼女は発しようとした言葉を寸前で呑みこみ、数秒の間が空いた。

「……少し、考える時間がほしい」

無理、とは言わなくなったね。

とりあえず、帰ったら焼き飯を作ってあげようかな。

＊

キルテナは新しい抑制リングをあっさり受け入れた。相変わらずうざい一面は時々覗かせるが、少しだけ素直になった気もする。

夜のランニングにも付き合ってくれるようになったし。

……文句たらたらだけどね。

「マジだるすぎる。今日もあんなに走るのか？」

「いつもと一緒、一時間走るよ。キルテナ、よそ見しないで。人にぶつかったら大怪我《けが》させちゃうから」

「……お前、自分が毎日何キロ走ってるか気付いてるか？」

「え？　そういえば考えたことなかったな」

「おっとりしすぎだろ」

計算してみたところ、私は毎晩五十キロほどランニングしていた。

考えてみれば結構な距離だ。

キルテナの不満も、もっともと言えるかもしれない。帰りに大量の夜食を買わされるから、対価は充分に払ってると思うけど。

そんな感じで新たな同居人との生活にも慣れつつあった。

もちろん、本来の同居人の存在を忘れたわけじゃないよ。

忘れたわけじゃないけど、ここに彼女が帰ってきたらどうなるかまでは想像していなかった。

学園が始まって二十日目、ついにその日が。

「ただいま！　会いたかったわトレミナ！　お姉ちゃんよ！」

部屋の扉を勢いよく開けたセファリス。キルテナを見て硬直した。

なお、竜族の少女は姉のベッドに結構私物を持ちこみ、完全にこれを私物化してしまっている。ここで暮らしていると一目で分かる状況だ。

セファリスは崩れるように膝をついた。

「……恐れていた事態が現実に。トレミナに、新しいお姉ちゃんが……」

たった二十日でお姉ちゃんを更新したりしないよ。

「この子はレゼイユ団長が捕獲したあのドラゴンだよ。ちなみに私と同い年」

キルテナを押しつけられた経緯を話し、リングのせいで離れられないことを説明した。もうキルテナの方にはセファリスについて教えてある。

「しっかし、聞いてたより妹依存症だな。トレミナも大変だ」

と彼女はベッドからベッドへぴょんと跳び、座る私に上からおぶさってきた。これを見た姉の目が吊《つ》り上がる。

「何してるの！　引っつきたいのは私！　どれだけ我慢したと思ってるのよ！」

そう言いながら私に抱きついてきた。

お姉ちゃん、まずはお風呂へ。髪もバリバリだよ。

すると、今度はキルテナが牙を剥《む》く。

「私のどんぐりに汚い手で触るな！」

「私のどんぐりよ！　渡すもんですか！」

私はどっちのものでもないし、それ以前にどんぐりでもない。本当に困った人達だ。でも、こういう時の解決法は古来より決まってる。

「二人共、ケンカするなら闘技場でやるといいよ」

決闘の噂は瞬く間に広がった。

学生達から騎士達へ。寮から移動する間に観覧希望者がどんどん増え、大人数のギャラリーを伴って演習場に入った。

レゼイユ団長の弟子であるセファリス。

そして、捕獲されたドラゴン少女キルテナ。

現在話題の二人が戦うとあって、大注目の一戦となった。

第一闘技場――。

「じゃあ、試合を始めるよ。まずはルールを説明するね」

審判は私が務《つと》める。キルテナと二十メートル以上離れられないので仕方ない。それに、これは私が言い出した試合。しっかり責任を持って執り行うよ。

「絶対に相手を殺さないこと。危ない時は私が止めに入るからね。あとは実戦と同じ、真剣勝負だよ。準備はいい？」

完全装備のセファリスは慣れた手つきで双剣を抜く。

「人型だけど竜の刺身にしてやるわ」

だから殺しちゃダメだって。

対するキルテナは普段通りの格好で、鎧も装備していない。

「おいおい、私は神だぞ。身を守る防具など必要ない。神たる所以《ゆえん》を見せてやる！ 〈**竜闘武装**〉！」

キルテナのマナがズズズッと動き出す。

手の部分が爪のような形に変わり、さらに頭部と尻尾《しっぽ》が生えた。少女は竜形のマナに包まれていた。

たぶん竜族って牙や尻尾を使った神技もあるんだよね。

人型でどうやるんだろうと思っていたけど、足りない部位はマナで作っちゃうわけか。私の〈**プラスソード**〉と発想が似てるかな。

神の戦闘態勢を見たセファリスは、特に慌てる様子もなく〈**闘**〉。

やっぱりお姉ちゃん、二十日前よりすごく強くなってる。

元々、黒白狼の稀少肉《きしょう》を食べた段階で、もう多くの騎士を超える力になっていた。今回の訓練では何度も守護神獣と戦い、その魂と融合してきたんだろう。今の実力は、きっとナンバーズにだって届く。

お姉ちゃん、本当にすごく成長したね。あと、ちょっと背伸びた？

正直、キルテナとどちらが強いのか、私にも分からない。それくらい拮抗してる。だけど、私はセファリスが勝つと信じている。

応援はブーストかかっちゃうからできないけど、頑張って。

セファリスが勝てば、キルテナ世話係が二人に増えるんだから。

睨み合うセファリスとキルテナ。

「準備はいいね、二人共。では……、始め」

私の合図で同時に動いた。

やっぱりこの二人はよく似てる。どちらも先手必勝タイプだ。

セファリスは剣に付与された戦技を発動。雷の波動を放つ。

以前より威力が上がってる。当たれば、もう痺れるだけじゃ済まない。

回避したキルテナのマナに変化が。

背中の辺りがざわついたかと思うと、ババッ！　と翼が生えた。

マナの鎧はよりドラゴンに近付いた。

羽ばたいたキルテナは空中からセファリスに突撃。竜の頭部を伸ばす。

ガキィィン！

標的が避けたことで、竜の顎《あご》は空気を咬むだけに終わった。

セファリスのもう片方の剣が激しい炎を発する。

対するキルテナの爪も燃え盛る火炎に包まれた。

ぶつかり合う両者――。

ドバンッ！　ゴワァァ――――ッ！

爆発と共に炎が大きく広がった。

火の中から出てきた二人は、今度は同時に距離を取る。

もう一度睨み合った。

「なかなかやるわね。強化技能、使ってもいいのよ」

「なめるな。お前、トレミナと一緒でまだ習得してないだろ。技能はその二本の剣に入ってる火と雷のやつだけだな？　だったら、私も〈爪〉と〈息〉しか使わない。同じ火と雷の属性だ」

へぇ、意外と正々堂々なんだね、キルテナ。

だけど、〈雷の息〉ってどっちの口から出るんだろ。本当の口？　それとも、マナ竜の口？　と考えているうちに、彼女は翼を使って飛び始めた。

が、すぐに見えない壁にでも当たったように、不自然に停止。

「私から二十メートル以上離れられないって」

「そうだったー！」

これを見ていたセファリスがフッと笑みを浮かべる。

「いいわ。私もトレミナの半径二十メートル内で戦ってあげる」

お姉ちゃんも正々堂々で返した。

二人は負けず嫌いな所もよく似てる。

「バカめ。後で後悔することになるぞ」

「そっちこそ。苦しくなっても他の神技使うんじゃないわよ」

言い合った後に、ようやく戦闘を再開。

キルテナが〈**火の爪**〉で飛びかかる。

セファリスは後方にジャンプしてかわした。

お姉ちゃんそれ、跳びすぎ。私と違って〈**ステップ**〉もないでしょ。

「もらったぁ――――！」

竜族の少女は見逃さなかった。

空中にいるセファリスに向かって大きく口を開き、〈**雷の息**〉を発射。

すると、姉は火の魔剣で宙を薙いだ。

ボッ！　と小さな爆発が起こり、反動で方向転換。雷撃の進路から外れた。

セファリスはずいぶん戦い慣れた感じだ。

強くなっただけじゃなく、経験もしっかり身になってる。二十日でいったいどれだけの激闘をかいくぐってきたんだろ。

キルテナ、簡単には勝てないよ。

それから、やっぱり〈**息**〉は本当の口から出るんだね。

反撃に出たセファリスは雷の魔剣をブンブン振り、波動を連射する。

一方のキルテナも〈**雷の息**〉で応戦。

私の目の前で雷同士が衝突を繰り返す。

バチバチッバチッバチバチバチッバチッ！

……眩しい。

どっちもやけに連打するね。お互いに何か狙ってる？

最初に仕掛けたのはセファリスだった。

しばらく使っていなかった火の魔剣に素早くマナを集中。雷の波動を放ってすぐに、マナの刃を飛ばした。

なんとお姉ちゃん、もう〈**オーラスラッシュ**〉を。〈**放**〉の習得、早いな。遠距離攻撃の魔導武器を使い続けた影響かな。

抜けてきたマナの刃を、キルテナはかろうじて避ける。しかし、尻尾に当たってこれを切断されてしまった。

一応言っておくと、マナの尻尾だから体の方は全然大丈夫。マナは結構失ったけどね。

「このやろっ！」

キルテナは怒りの〈**雷の息**〉。

と同時に竜の頭をグイーンと伸ばす。そちらからも〈**雷の息**〉を発射し、一撃目を回避した直後のセファリスに命中させた。

膝をつく姉。すぐに立ち上がり、目を見開いて叫んだ。

「卑怯者《ひきょう》っ！　そっちからもブレス出せるんじゃない！」

「出せないとは言ってない！　お前こそ遠距離技覚えてるじゃないか！」

「覚えてないとは言ってないわ！　あんたが勝手に勘違いしたんでしょ！」

「まったく！　汚い奴だ！」

「どっちがよ！」

どっちもだよ。

正々堂々に見せかけて相手の裏をかく。

……この二人、本当によく似てる。

「遊びはここまでよ。本気で行くわ」

セファリスはそう言って双剣の構えを変えた。

観客席が少しざわっとする。

何だろ？　マナで聞き耳をたててみた。

ああ、レゼイユ団長と同じ型なのか。

団長、連れ回すだけじゃなく、ちゃんと師匠らしいこともしてるんだね。

姉はまっすぐに駆け出す。

「かっこつけても強くはならないぞ！」

キルテナの方は〈**雷の息**〉で迎撃。

だが、セファリスはスピードを緩めず、横に小さく跳んだだけで回避した。

そのまま相手の間合いに。

振り下ろされた竜の爪を左の剣で弾く。ほぼ同時に、炎を纏った右の剣で突きを繰り出した。

キルテナはどうにかガードするも、威力を殺しきれず後方に飛ばされる。

体勢を立て直す暇もなく、もう目の前にはセファリスが。

近距離からの雷の波動をどうにかガード。

体勢を整える前に、またセファリスの追撃。

どうにかガード。また追撃。ガード。追撃。…………。

「ちくしょう！　なんでマジで強くなってるんだ！」

堪《たま》らずに竜の少女が叫んだ。

ふむ、私には大体分かるよ。

原因はあの双剣術、では断じてない。あれはものすごくデタラメだ。

たぶんレゼイユ団長本人が型とか気にせず力で押しきる感じ。つまり剣術など最初からない。セファリスは単に師匠を真似して構えただけだろう。

原因は別にある。端的に言うと、より試合に入りこんだから。

姉は直観と本能で戦うタイプだ。集中力が増したことでそれらがさらに研ぎ澄まされた。纏っているマナを効果的に、かつ的確に素早く動かしている。

私の場合、頭で考えてやるけど、きっと彼女は感覚でこなしてると思う。

マナの量は変わらなくても、キルテナは倍ほど増えたように感じているはず。

ハンデはいらなかったね、キルテナ。神技をフルで活用しなきゃならない相手だった。

元々、お姉ちゃんは本番にとても強い。二年の学年末トーナメントではランキング上位者を次々破って決勝まで上がってきた。

……思えばあれからまだ二か月も経ってない。お姉ちゃん、同級生や上級生どころか、大勢の騎士も追い抜いて、いったいどこまで行くの？

とうとう翼で上へと逃れたキルテナ。

追いかけてセファリスもジャンプする。火の魔剣で宙を漕ぎ、爆発の力を借りて猛突進。

ドラゴン少女を撃墜した。

「……うぅ、人型の私を倒したからって、調子に乗るな……。本当の私は、この倍強くて、遥かに巨大なんだぞ……」

精一杯の負け惜しみを呟きながら、キルテナは地面に寝転がっていた。

傍らに立ったセファリスは「ふー」と息を吐く。

「妹がお姉ちゃんに勝とうなんて百年早いのよ。竜になって出直してきなさい」

ん？　キルテナも妹にすることにしたの？　竜になって出直してきたら、さすがに勝てないと思うよ。

とにかく、私も仕事しないと。

「勝負あり。勝者、セファリス」

「やったわ！　何とか時間にも間に合ったし！」

「時間って？」

「下剋上戦の予約を入れておいたのよ。そうだ！　トレミナはナンバー5になったのね！　さすがお姉ちゃんの妹だわ！　私もすぐになるからね！」

「ということは、下剋上の相手はナンバーズなの？」

「ええ、私でも勝てそうな人を師匠に教えてもらったのよ。毒電波の騎士なんだけど、六位って聞いてたのに、今日見たら八位になってたわ」

……ロサルカさんが下剋上した人だ。毒電波って何？

「まあ八位を奪ってくるわね。第二闘技場なの。じゃ下剋上してくるわ」

セファリスは剣をブンブン振って闘技場を出ていった。

なんか見覚えのある光景。

この後、お姉ちゃんは有言実行でナンバー8の座を掴み取る。

かつて学年八位だった彼女は、二か月弱で騎士団八位まで駆け上がった。


～リオリッタの視点～

私の名前はリオリッタ。コーネルキア騎士団の元ナンバー6であり、ナンバー8であり、現ナンバー9よ。

下の世代が粒ぞろいだということは分かっていた。

だけど、まさかこんなに早く追い上げてこようとは。

そう、私は今まさに追い上げを食らっている。

「俺の負けです。まだ俺にナンバーズは早かったようです、ははは」

目の前で爽やかに笑う青年。名をクランツという。

確か学園卒業前の学年順位は二位だったわね。先月入団した直後に百五十八位まで一気に上がり、今月はもう私の椅子《いす》を狙ってきた。

一見、爽やかなイケメンだけど、野心的で油断ならないわ。彼の順位が証明している通り、実力もしっかり伴っている。

実際、私は危うく負けるところだった……！

闘技場を後にしながらため息が出た。

……どうにか、今日も下剋上されずに済んだ。

下剋上戦にはルールがある。

挑戦権を行使できるのは月に一度だけ。

同じ相手への挑戦は半年の期間を空けなければならない。

そして、挑む側も受ける側も、試合ができるのは一日一回まで。

（ただし、本人が希望した場合は同日の複数回戦も可能）

この但《ただ》し書き通り、ロサルカさんはトレミナちゃんに下剋上された直後に私を下剋上したわ。

それでもこれらのルールのおかげで、それほど頻繁に下剋上し合わなくていいはずなんだけど……。

……私のところには長蛇の列ができている。

理由は単純よ。私は頑張れば倒せそうな相手だから。

ちなみに、挑戦者が複数の場合は抽選になるわ。

でも、これには例外が存在する。上位者が自分の挑戦権を推薦権に変えて推した者は、最優先でマッチングされる。

先月、六位の私を倒したロサルカさんはジル様の推薦で、八位の私を倒したセファリスはレゼイユ団長の推薦よ。

……私の扱い、相当なものでしょ？　でもこういうシステムだから。

私は私で、意地でもナンバーズの地位にしがみつくだけよ。

これの理由も単純。お給料がすごくいい。

と言ってたら家に着いたわ。

そんなに大きくない一戸建てだけど、一括現金で購入した私のお城。

私の月給は八百万ノアちょっと。四、五か月間ナンバーズでいれば家が一軒建つんだから、何としてもしがみつきたくなるでしょ。

帰宅するなり黒煌合金の装備を外し、リビングのソファーにダイブ。

周囲には買ってきたまま開封していない服や靴が。

私はオシャレが好きなごく普通の十七歳、だと思う。

人と少し違う点があるとすれば、出自だろうか。

古くから続く、戦闘を生業とする一族の末娘として私は生まれた。幼少から色々な訓練を積まされたので、今の地位がある。

コーネガルデ学園に入学したのは、いわゆるスパイとしてだったわ。

アーサス家が噛《か》んでる養成機関ができたから探ってこい、という命を受けた。ジル様のアーサス家は、私達の世界じゃ名門中の名門なのよ。

その育成術を持ち帰るべく二期生として入ったわけだけど、途中で一族の任務は放棄した。

これの理由はちょっとだけ複雑。

まず、私の出自がバレててめちゃ監視されていたこと。そもそも、システム上、情報を持ち出すこと自体が不可能だわ。

あと、自分の運命を変えたくなったから。

学園で学ぶうちに気付いた。

私、このままいけば一族の誰よりも強くなれるって。実際に、もう私は父を超えてるはず。戻って兄や姉達の召使になるより、断然今の暮らしでしょ。

すでに一族秘伝の術も習得済みだし。

〈**駆電**〉って魔法なんだけど、あまり大したことはないよ。雷属性に特殊属性を加えて広範囲に放つだけのものだから。

特殊属性というのは、相手の体に毒や麻痺《まひ》、幻覚なんかの異常を起こさせる技術の総称ね。別に精霊の力を借りるわけじゃないけど、習得過程が似ているから属性にカテゴライズされてる。

で、〈駆電〉に付与されているのは、生物の神経に作用して意識を奪うってやつ。広範囲な分、効果は薄いし、自分中心に放つからめちゃ接近しなきゃならない。

効くのは普通の人くらいで、学園卒業レベルのマナ使いには嫌がらせ程度にしかならないよ。

うちの父なんかは、「我々は人間兵器だ……」とか雰囲気出して言ってたけどね。ほんと、大したことない魔法だわ。

「父上、うちの一族、結構しょぼいですよ」

ぼんやり天井を見つめながら、思わず呟いてしまった。

小さい頃ずっと、私は人間兵器だ、と思いこんでいた自分が恥ずかしい。

ジル様のとこの秘伝の術なんて比較にならないくらいやばいもんね。さすが神狩り専門の一族。

あーっと、これ以上は私の口からは言えないよ。

とにかく、下剋上戦では〈駆電〉は使いものにならない。

まだ雷球に麻痺乗っけて撃った方がマシだ。

はい、実際にそれ使ってます。ほんと〈駆電〉は……、そうだ、この魔法のせいで私、毒電波って呼ばれるようになったんだった……。

二つ名というより、ただのあだ名だよね。

「秘伝の術、マジいらん……。いや、これは一族に背いた私への呪いか？」

出身一族がしょぼいのは仕方ないとして、私自身はもう少し強くなりたい。

頑張れば倒せる私のままではいけないんだ。絶え間なく挑戦者がやって来るから、精神的にかなりきつい……。

ナンバーズの任務がない日は毎日下剋上戦をこなしてる。一日一試合とはいえ、なかなか気が休まらない。

先月私から八位を奪ったセファリスも、当初は連日試合をしていた。

だけど、あの子はとても本番に強い。どの試合も一分ほどで決着させた。今では速攻のセファリスと呼ばれ、挑んでくる者も大分《だいぶ》減っている。

七位から上はちょっと別格。

下剋上戦は月一回あるかないかだね。全員マナの量が段違いだし、能力もやばいのばっかり。

トレミナちゃんなんてボール一球で試合終了だ。間違ってIIを投げられたら即死、という恐怖もある。なのでトレミナちゃんに挑戦した者はまだ一人もいない。

え、どうしてトレミナはちゃん付けなのかって？

だってどんぐりみたいで可愛いし。疲れた私の心を癒《いや》してくれる貴重な存在だよ。

ともかく別格の上位陣。

セファリスも間もなくそこに加わるだろう。あの子はこれから強化技能を覚える。近接中心の戦闘スタイルだから、恩恵はかなりでかい。

……いいな、別格。私もそんな人間になりたい。

このままじゃナンバーズは八位以上ってことになって、私のお給料もガクンと半分以下に……。

私は反射的にソファーから立ち上がっていた。

「……ものすごく恐ろしいことを考えてしまった」

ちょうどこのタイミングで玄関の呼び鈴が鳴った。

「鍵は開いてるよ！　入って！」

場は離れずに少しだけ大声でそう応える。

誰が来たかは分かってるから。普通の人じゃないので、大声でなくても聞こえただろうけど。

リビングに入ってきたのは、女子と見間違えるほど整った顔の男の子だった。

「リオ、今日は苦戦してたね。またへこんでると思っていい物持ってきたよ」

「何？　お金？」

「違うって。匂《にお》いで分かるだろ、はい」

「おお、ハンバーガーだ。ありがと、ライ」

彼は学園入学時からの友達で、今も昔も私の訓練相手をしてくれる男子、ライだ。騎士団の元ナンバー8であり、ナンバー9であり、現ナンバー10。

……そう、私がずれてきたせいで彼も徐々に下がってる。

もちろん悪いとは思ってるし、遠慮せず下剋上していいって言ってるけど。ライは私の特殊属性に弱い。

だから真剣勝負だといつも私が勝ってしまう。

でも、能力は総合的に高いから、すぐにちょい下まで戻ってくる。

「そういえば、ライってあまり下剋上の挑戦受けないね。どうしてだろ？」

「たぶん手札が多いからじゃないかな。対策立てづらいんだよ」

ライもコーネガルデに来る前からマナを学んでいたらしくて、元々二つの属性を扱えた。学園生活を経て、現在は地と特殊以外の四属性を操ることができる。まったく器用な友人だ。

と思いつつ、差し入れてもらったハンバーガーを一口。

「辛っ！　けどうまっ！　これ、どこのお店のやつ？」

「最近新しくオープンしたとこ。少しは元気出ただろ」

「元気出た、ていうか、何か力が湧《わ》いてくるんだけど。体が熱い！」

「スパイスのせいじゃない？」

「何かマナも増えてるような……」

「気のせいだって」

彼はその美しい顔でニコリと微笑んだ。

そうなのかな……？

とにかく、私は親切な友人のおかげで明日への活力を得た。

スパイシーなハンバーガーにどハマリした私は販売店を聞いたけど、ライは教えてくれなかった。

不定期でやっている店らしく、また折を見て買ってきてくれるそう。

約束通り、彼は週二ペースでおみやげを持ってきてくれた。

買い物以外に楽しみができたせいか、私の調子は上昇気味に。下剋上を目論《もくろ》む騎士達も結構楽に退《しりぞ》

けられるようになってきた。

考えてみれば、毎日毎日、本気の勝負をしてるんだから、実力が上がってきてもおかしくないよね。

このまま目指せ別格、だ。

そうして月が変わったある日、リズテレス姫から魔導研究所に来るよう呼び出しを受けた。

「リオリッタさんのために開発した魔導銃が完成したの。これよ」

まさか私が専用の武器をもらえるなんて！

と喜んだものの、その銃を見て思わず首を傾《かし》げてしまった。

「これは……、信号銃ですか？」

「構造は似ているけど、もっとしっかりした造りよ。メインはこの銃弾」

やはり信号弾のような大きな銃弾を手に取る。

「……あ、……すごいですね、これ」

「ええ、付与した技能を遠隔操作できるの。ここに〈駆電〉を入れられる？」

「できると思います。今すぐにでも」

「まあ！　じゃあ私についてきて」

そう言って姫様は研究所を出ていく。

外ではジル様が待っていた。

「どうやらいけるみたいですね。さすがリオリッタさん」

「あとはお願いね、ジルさん。報告を楽しみにしているわ」

笑顔で手を振る姫様が見る見る遠のいて……。

気付けば私はジル様と共に、大空へと飛翔していた。

「あの！　どこに行くんですか！　私！　何をするんですか！」

「まず現地に向かうわ。あっちで説明するから。すぐよ」

ほんとにすぐだった。

ドラグセンに入ると、小高い山の頂上付近に着陸。

ジル様がスッと指で差し示す。

その先では大勢の兵達が野営をしていた。

「千人ほどいるわ。彼らをまとめて卒倒させることはできる？」

「……説明、短すぎです。まあ、やってみます」

あの規模だと半径二百メートルくらいは必要ね。

父の〈駆電〉でも半径約二十メートル。それの十倍か。でも今の私ならできるはず。私はもう別格になりつつある！　たぶん！

銃弾を握りしめ、意識を集中させる。

「雷霊よ！　速きその足で宙を駆け、人々の心を奪え！」

私の毒電波が詰まった弾をジル様に手渡した。

「今回は銃は使わないわ。この距離なら投げた方が正確だから。野営地の真ん中に投げこむから、しっかり目で追ってね」

二キロは離れていますが。銃の方はあまりいらない感じですね。

目にマナを集め、ジル様に頷《うなず》く。

彼女は大きく振りかぶると、「むん！」と上空に向けて弾を投げた。高々と放物線を描き、毒電波弾は敵陣のど真ん中へ。

素晴らしいコントロールです、ジル様。

タイミングを計り、私は叫んだ。

「〈駆電〉！」

シュザァア――――――――ッ！

ほんの一時、雷のヴェールが野営地を覆うように広がった。

目を凝らして確認すると、誰も彼も地面に寝ている。動いている兵士は一人もいない。

同様に確認を済ませたジル様は、私の肩をポンと。

「成功よ。戦争前にはこの毒電波弾を沢山作ってもらうわ。リオリッタさん、あなたはその辺の聖女なんて目じゃないほどの救済を行うことになるわよ」

「ど、どういうことですか……？」

「ドラグセンの一般兵全員を気絶させ、戦闘不能にする。あなたの毒電波は、何万もの命を救うということ」

「な！　何万っ！　うちの一族の微妙な魔法がっ！」

……父上、一族秘伝の微妙な術、開花の時を迎えそうです。

～ライの視点～


僕の名前はコード087。

うん、名前じゃないよね、こんなの。

物心がついた時、僕は歳の近い大勢の子供達と一緒にいた。

親の顔どころかその存在すら知らず、大人達から叩《たた》きこまれたのはマナと戦いの技術だけ。

成長するにつれて分かってきたことだけど、そこは小さな国の軍事施設だった。守護神獣を持たず、軍隊も脆弱《ぜいじゃく》。

考え出されたのが、全員がマナを使える精鋭部隊の創設だ。

聞こえはいいけど、実際に行われたのは人間を兵器に仕立て上げる実験。

訓練は過酷なんて言葉じゃ生ぬるく、地獄という表現がピッタリかもしれない。毎日、生き残るのに必死だった。

十歳になった頃には、百人以上いた子供達は半分以下にまで減っていた。

地獄をくぐり抜けた僕達は、期待通りの人間兵器になったと思う。世話係の大人達が怖がって近付かなくなっていたくらいだから。

それを言い出したのは女の子だっただろうか。男の子だったかも。

いや、僕だったのかもしれない。

「僕達（私達）、ここから出られるんじゃない？」

試してみたら、案外簡単に施設を制圧できた。

手間取ったのは僕達に錬気法を教えていたマナ使いの五人くらい。と言っても、実力ではすでに抜いていたし、数もこちらが十倍近くいたからそれほどでもなかったけど。

施設制圧後は一日そこに留《とど》まることに。情報をかき集め、僕達はこの国の内情、そして外の世界を知った。

興味深い教材も。僕達は選ばれた戦士で、皇帝陛下の御ために命を懸けて戦わなければならない。という思想を植えつけようとするものだ。

行動に出るのが遅れていれば洗脳されていたかもしれない。

皆で相談した結果、育ててくれた皇帝陛下にお礼しようということになった。

施設を出てまっすぐ首都へ。

宮殿の前で正規軍と衝突した。

相手は普通の人間だけど、数が多く、完全武装だったために思わぬ被害が。

女の子が一人、銃で撃たれて……、たんこぶができた。

敵をなめて油断してるからだよ。

その後は四大騎士とかいう、割と名前負けしているマナ使い達を実力と数の差で圧倒し、いよいよ陛下のもとへ。

そう言ったのはたぶん僕だったと思う。

「僕達は選ばれた戦士です。陛下のために命懸けで戦わないといけないらしいのですが、はっきり言って嫌なので、あなたにはもう死んでもらいます。

ではさようなら。

……と、そうだった。

僕達を人間兵器に育ててくれて感謝します。実験、大成功ですよね？」

尋ねるまでもなく、皇帝陛下は実験の成功を身をもって知ることになった。

しっかりお礼も済ませたところで、僕達はそれぞれの人生を歩むことにした。いずれ風の便りで誰かの噂を聞くこともあるかもしれない。

人間兵器の子供達は世界中に散らばっていった。

それから程なくして、僕達の祖国は周囲の国々に吸収されて消滅した。

名前もなく、国もなく、いっそ清々《すがすが》しい気分だったのを覚えている。

ついでになりたいこともなりたいものもなかった僕は、とりあえず世界を見て回ることに。

お金には困らなかった。その辺の野良神を捕まえて肉を売れば、充分当面の路銀にはなったから。

本当、ありがたい神様だよ。

一年ほど経った頃、コーネルキアという国である話を耳にした。

マナを習得できる騎士の養成学校ができたという。

僕の脳裏に、施設での地獄の日々が思い起こされた。

どんな所か、一度入学してみようかな。

もしあの軍施設のようにひどい場所なら、その時は……。

ところが、僕はコーネガルデのゲートで門前払いを受ける。

考えてみれば当然だ。身元不明の旅の少年が入学できるはずない。

うーん、どうしよう。この国の子を捕まえてなり代わろうか。

でも、あまり手荒なことはしたくないしな。

頭を悩ませていると、馬車に乗った幼い少女と目が合う。

直後、なぜか一転して入学の許可が下りた。

不思議に思いつつも、せっかくなので入れてもらうことに。申請書類に記入しようとして、ふと手が止まった。

僕には名前がない。

まあ、適当に嘘の名前を書いておけばいいか。

嘘……、嘘……、ライでいいや。

そうして僕の学園生活は始まった。

入ってみると、予想していたものとは全く違っていた。

何かを強制されることもなく、学生達は皆のびのびしている。さらに毎月結構な額のお金が支給され、使い放題だ。

……何だこれ、すごく楽しい。

これが普通の生活ってやつなのかな。普通、なはずないか。相当恵まれてる。食べ物も美味しいし、もうちょっといてもいいな。

学生って、すごく楽しい。

思いがけず、僕は失った時間を取り戻すような経験をすることになった。

面倒なこともあったけど。僕は容姿がいいらしく、男女問わず愛の告白をしばしば受けた。面倒ではあっても、好きと言われて嫌な気はしない。

ただ、男子は本当に遠慮してほしい。僕は女の子が好きだ。

孤独な一人旅をしていた僕の日常は一気に賑《にぎ》やかになり、入学した目的もすぐにどこかに行ってしまった。

そんな日々の中で出会ったのがリオリッタだ。

誰に対してもフレンドリーで、お金が大好きな女の子。僕達は友達になった。

ある日、彼女がこっそり耳打ちしてきた。

何か大切な秘密を教えてくれるらしい。

「……実は私ね、人間兵器なんだ」

え？　お前が？

「リオは全然人間兵器じゃないよ。その一族秘伝の術も微妙だし」

リオリッタの話を聞いて、僕はそう言わざるをえなかった。

「何てこと言うのよ！　私のアイデンティティーが崩壊する！」

「じゃあ、今ここで使ってみなよ、〈駆電〉」

「やってやろうじゃない！　大惨事《だいさんじ》になるから！　もう学級閉鎖よ！」

「大丈夫だって」

そんな言い合いをしたのは、二年生に上がって間もなくのこと。

教室での一幕で、クラスメイト達は皆、次の座学に備えて着席していた。僕が大丈夫だと言った理由は、もう全員がマナの使い手だからだ。

あとは一言、注意喚起すればいい。

「皆、マナを〈闘〉にして。…………。リオ、いいよ」

「ほんとに知らないから！

雷霊よ！　速きその足で宙を駆け、人々の心を奪え！　〈駆電〉！」

……ジジジジジ、パシュ――――！

電磁波が教室中を駆け巡る。

しかし、心を奪われた者は一人もおらず、頭を抱えている生徒が数人いるだけだった。

「ね？　マナを習得したばかりでもこの程度。軽く目まいを覚えるくらいだよ」

「えー……、秘伝の術、しょぼ……」

まあ、リオが習得できるレベルだからね。

雷属性の下級魔法と特殊属性の下級魔法を組み合わせたのが〈駆電〉だ。とはいえ、その年齢で二つの属性を扱えること自体、結構すごいことなんだけど。

ちなみに僕とリオリッタは同い年で、この時は十二歳だった。

へこむ彼女に、追い討ちをかけるようにあちこちから声が。

「……毒電波」

「毒電波だ……」

「……毒電波だわ……」

「……毒電波のリオリッタ」

後ずさりを始めたリオリッタ。

じりじり、じりじりじりと教室の入口まで。

「……や、やめて。……やめて。そんなあだ名は嫌――――！」

結局、学級閉鎖にはならず、リオリッタが早退しただけで終わった。

さすがに悪いことしたかなと思っていると、翌日彼女はけろりとした顔で登校してきた。

「私、一族を抜けることにしたわ。スパイ活動もやめ。騎士団で上を目指すって決めたの。錬気法も他の子より進んでるし。出世してじゃんじゃんお金稼ぐよ！」

どうやらアイデンティティーを再構築したらしい。

ずいぶんやる気になっているので、僕はしばしば訓練相手をしてあげることにした。お金をモチベーションにリオリッタはぐんぐん腕を上げていった。

腕が上がったのは僕の方もだ。

コーネガルデ学園の教育カリキュラムはとてもよくできていた。教科書なんて呼ばれているが、あれは錬気法の奥義書と言っていい。厳重に管理されているのも頷ける。

同時に、かつての軍施設での修練がいかに雑なものだったかを知った。

バラバラだったパズルのピースがはまるように、僕の能力は飛躍的に上昇した。

でも、僕もスパイのようなものであり、あまり目立ちたくなかった。力も順位もリオリッタのやや下に設定。

そうして気付けば、僕達は学園を卒業し、騎士になっていた。

――――。

で現在に至るわけだけど、どうも近頃リオがピンチだ。

下からの激しい追い上げを受けて、ナンバーズ陥落の危機にある。

そんなことになったら彼女の給料はガクンと下がり、騎士もやめてしまうかもしれない。

それは困る。

僕はリオが好きだ。恋愛感情からじゃなく、見ていて飽きないので。

そして、コーネルキアも好きだ。嘘から始まった第二の人生だけど、今はこの国を守りたいと思ってる。

リオとコーネルキア、どちらが欠けてもダメだ。

「…………、リオを強化するか」

というわけで、守護神獣の肉を確保すべく、ジルさんとドラグセンにやって来た。地理的にはコーネルキアから大分離れた、国土の南東辺りになる。

ドラグセンの敵はコーネルキアだけじゃない。どの国の仕業か悟らせないために、敵戦力の間引きはまんべんなく、が鉄則。

つまり勝手に狩っちゃいけない。

ナンバー7みたいに自由に襲撃してる奴もいるけど……。

あ、ナンバー3とレゼイユさんもか……。

……皆、結構自由だな。

けど誰かが調整しないとリズテレス姫が困るから、僕はきちんとやるよ。

なので、ジルさんに同行願った。

前を走っていた彼女が不意に停止。

「いたわ、ターゲットよ」

マナで感知すると、森の中にぽつんと大男が立っているのが分かる。守護神獣の人型だ。国境の警備に当たっているらしい。

「了解です。行ってきますね」

「待ちなさい。あれは私とロサルカが二人で倒す予定だった竜よ。相当な力を持っているわ」

「はい、なるべく強い奴を、と僕がお願いしましたから」

「本当にその格好で……、武器も防具もなしでいいの？」

「大丈夫ですよ。五竜と戦うわけじゃないんですから」

呆《あき》れ顔のジルさんをおいて、僕は〈**隠**〉のまま大男に接近。

姿を見せると同時に、マナを〈**闘**〉に。彼の表情が驚きに変わる。

「初めまして。僕はあなたを殺しに来た刺客です」

背後に跳び退いた男は、すぐさま竜に戻った。

ゴツゴツした硬そうな鱗に覆われた、体長五十メートルを超える巨竜が姿を現す。開いた口にマナが集まるのを確認。

風霊の気配……、〈**風の息**〉か。

ならこっちは火の盾だね。

「火霊よ、僕を守って。〈**フレイムウォール**〉」

ゴオオオォォ――――――!

荒れ狂う暴風が一帯の木々を吹き飛ばす。

森はえぐり取られたように空き地が広がっていた。僕のいる場所を除いて。

炎の壁を解除すると、足にマナを集中させて大地を蹴った。

ドラゴンの下に潜りこむ。

すごい鱗だ。確か甲竜ルートの二次進化形、【鎧鱗剛竜】って言ってたっけ。

防御力高そうだな。しっかりマナを込めて殴らないと。

ジャンプして竜の腹に拳を叩きこんだ。

ドムッッ!

竜の巨躯が十メートルほど浮き上がる。

そして、地響きと共に沈んで動かなくなった。

「ワンパンって……。それなら武器も防具もいらないわね」

ジルさんが追いついてきていた。さっきの呆れ顔のままだ。いや、新たに呆れ直したかもしれない。

「のびているだけですよ。まだ生きてます」

「……ライさん、その気になればナンバー2になれるけど」

「興味ないです。レゼイユさんの世話はごめんですし。副団長はジルさんでないと務まりません。僕はナンバー10でいいですよ」

それに、勘だけどジルさんは相当危険な切り札を隠している気がする。リオリッタが言っていた秘伝の魔法かな。マナの量だけで押し切れる相手じゃないだろう。

まあ僕はナンバー10のままで……。ふと妙案が頭を過った。

「下剋上戦なんですけど、ナンバーズへの挑戦は最下位の十位にのみ可能、というルールに変えてもらえませんか?」

「つまり、一般騎士が挑めるのはあなたにだけ? それ、今のナンバーズで固定されるってことでしょ……」

「固定でいいじゃないですか。現メンバーは(リオ以外)皆かなり強いですし、各自任務にも集中できますよ。……もしこの提案を受け入れてくれるなら、僕、また時々出動してもいいです。今日みたいに」

「…………。姫様と相談するわ。ルールを変更するにしても告示期間が必要だからすぐには無理よ」

心配いりません。今日から強化していくので。

＊

統一暦八六七年五月上旬。

新学年が始まって一か月。

私とセファリス、キルテナは寮を出て一軒家を借りることにした。

理由は色々とある。

お姉ちゃんが買い物しすぎて、物が部屋に収まりきらなくなったから。

お姉ちゃんとキルテナが頻繁にケンカして物を壊すから。

キルテナが頻繁に寮の食料を盗み食いするから。

……寮にいられなくなった、と言った方が正しい。

お金には余裕があるので、結構大きい家を借りた。

いずれジャガイモを植えようと思って庭は広め。あと、キッチンもかなり広いよ。これは家を選ぶ際の大事な条件だった。

最近、私のもとにはしょっちゅう巨大な肉の塊が持ちこまれるもので……。

主にチェルシャさんだけど、ジル先生とロサルカさんまで持ってくるように。

それで皆、調理のお礼にって肉を分けてくれるから、うちの大型冷凍箱（冷却箱の強化版）には稀少肉がぎっしりだ。

今日は初めてナンバー10のライさんがやって来た。

リオリッタさんに食べさせるハンバーガーを作ってほしいとのこと。

彼女は私と姉のせいで二度もランキングが下がっているので、受けないという選択肢はない。

大量のハンバーグを作り、冷凍箱に入れて渡した。

それとスパイシーなソースのレシピもね。ピリ辛で神獣の肉だってことを誤魔化すらしい。さすがにマナとか増えたら分かると思うんだけど。

でも、ライさんはどうして十位なんだろ。

実力的にはリズテレス姫と同じくらいなのに。不思議な人だ。

そういうわけで、我が家の夕食もハンバーガーになった。

付け合わせはピクルスとフライドポテト。

ポテトを付けないという選択肢はない。

真っ先にドラゴンバーガーにかぶりついたのはキルテナだった。

躊躇《ちゅうちょ》なく共食いを。しかも元同僚でしょ。

「人間の価値観で計るな。魂の融合は崇高なるものだ。同族であることは、むしろ望ましいことだぞ。しっかし、うまいな。何個でもいけそうだ」

崇高なる野蛮な神は食欲旺盛だね。

ハンバーガーに次々手を伸ばすキルテナを見て、セファリスが吠《ほ》えた。

「あんた！　囚《とら》われの身のくせに何がつがつ食べてどんどん強くなってるのよ！」

言われてみれば確かに。

「けちけちするなよ。いっぱいあるじゃないか」

「稀少肉は平等にね。ほら、ポテトもいっぱいあるから」

とドラゴン少女の皿にフライドポテトを盛った。

「えー、肉くれよ肉。ポテトなんて」

私はスッと彼女の顔を覗きこむ。

「ポテトなんて、……何？」

「……ポ、ポテトなんて、……大好きだ。……IIは許してくれ……」

よかった。お姉ちゃんはあまりイモを食べないから、キルテナは好きでいてくれて嬉しいよ。

すごい勢いでフライドポテトを。

うんうん、本当に好きなんだね。

彼女はピタッと手を止め、ゆっくりこちらを見た。

「……ハンバーガーも、食べていいでしょうか？」

「もちろん、どうぞ」

「はぁ、大変なものを踏んだ気がする……。けどこのハンバーグ、マジでうまいな。さっきの美人の兄ちゃん、甲竜系の肉って言ってたのに。防御力の高い甲竜系は肉も硬くて美味しくないんだ、普通は」

「硬い肉質でもミンチにしてハンバーグにすれば、程よい歯ごたえになって美味しいんだよ。ジル先生が適度に脂の乗った所を選んでくれたし」

話を聞きながらバーガーを齧っていたセファリスがふと。

「キルテナって何竜なの？　そういえば」

「私は【世界樹大竜】だ。竜族の生命力特化だから、ゆくゆくは神獣の中で一番巨大になるぞ」

「体に木が生えてるの？　へんてこなドラゴンね」

「生えてるか。偉大なる世界樹で生まれ育った、高位の竜族ってことだ」

キルテナは今、一次進化の最終段階にいる。

【世界樹子竜】
↓
【世界樹竜】
↓
【世界樹大竜】
【世界樹魔竜】
【世界樹角竜】
【世界樹甲竜】
【世界樹毒竜】

この後は他の竜族と統合されて、大竜の二次進化ルートを進む。
現在、ドラグセンにいる守護神獣はほぼ全て二次進化形態。
それも当然。一次進化形態では修羅の森を抜けられないことは人間だって知っている。
「だが！　私は成し遂げた！」
誇らしげに胸を張るキルテナ。
でも言い換えれば、守護神獣の中で最下級ってことじゃない？

第四章

〈トレミナゲイン〉

Jagaimo nouka no muramusume,
Kenshin to utawarerumade.

私は学園で全学年の実技を受け持ってるけど、その内容は当然ながら進級するにつれて高度になっていく。

多くの時間を費やす打ち合いで説明すると、
一年生はマナを使用しない手合わせ。

二年生はマナを〈闘〉に固定しての手合わせ。

三年生はマナを調整してかけ引きもする手合わせ。

四年生は使える技能を増やしていき、最終的には実戦と同じになる手合わせ。

学年が上がった直後は、誰もが対応するだけで精一杯になる。新しい技術の習得は一か月ほど経ってから、が慣例みたい。

私の学年、三年生の場合は錬気法の技と並行して、強化戦技の修練に入る。

すでに騎士の私とセファリスは早めに習得しなければならないため、皆とは別で、ジル先生から直々に教わることになった。

放課後の訓練室（集中したい人のための個室。学園には広さの異なるこの部屋が沢山用意されているよ）にて。

「早速始めますよ。まずはトレミナさんから」

ジル先生は私に向かって手を差し出す。

すると掌の上に半透明の小さな箱が出現。

小箱は音もなく勝手に動き出し、私の胸に入っていった。

「それが〈アタックゲイン〉です。では次」

同様に、二つ目の箱が私の中へ。

「それが〈ガードゲイン〉です。あと一つなのですが……」

先生はしばらく私を見つめて間をおいた後に、「いけそうですね」と。

最後の小箱をやや慎重に送り出した。

「今のが〈スピードゲイン〉です。思った通り、全部入りましたね。セファリスさん、お待たせしました。これが〈アタックゲイン〉です」

私と同じく箱を取りこんだ姉。

「よし、習得したわ！　発動よ！」

発動できないよ。ちゃんと先生の話を聞いてた？

お姉ちゃんの体が光り始めるも、すぐにパッと弾けた。

「まだ習得ではありません。ちゃんと私の話を聞いていましたか？」

ジル先生も同じ感想。

私達が受け取った小箱は技能結晶と呼ばれるものだ。

技能そのものではあるんだけど、例えるなら何重にも鍵がかけられてる状態。箱の中身を理解し、自分の技にしていくことで、一個一個鍵を外せる。

全て開錠してようやく習得と言えるよ。

面倒そうに聞こえるかもしれないけど、ゼロから習得するよりは断然早い。

技能結晶は伝授をスムーズに行うために考え出された技術なんだ。

ちなみに、この方法に適さない技もある。

私の〈**トレミナボール**〉と〈Ⅱ〉がそれ。

〈**トレミナボール**〉はマナ玉を作って投げるだけだから、そもそも必要ない。

〈**トレミナボールⅡ**〉の方は毎回マナを同調させて引っつけなきゃいけないから、理解できても真似できることじゃない、らしい。

発動に失敗したセファリスは口を尖《とが》らせていた。

「先生、私にも残りの二つをください」

「あなたには無理ですよ」

「無理じゃないです。ください！」

「聞き分けのなさは成長しても変わりませんね……」

ジル先生は技能結晶をセファリスの胸へ。

ところが、入れてすぐに箱はポンッと飛び出てきた。空中で粉々に砕ける。

「私の〈**ガードゲイン**〉がっ！」

「だから言ったでしょ。結晶を作るのは、結構マナが要るのですよ……」

技能結晶は受け取る側に一定の練度が求められるんだって。

属性技能の場合は、その精霊を操れることが最低条件。今回のゲイン系ならマナを動かす技術、主に〈**調**〉と〈**集**〉が重要みたい。

「トレミナさんはどちらも、もう学生レベルではありません。〈オーバーアタック〉で強化のコツも掴んでいますしね。おそらく最初の一つは十日ほどで、二つ目は五日ほどで、最後は二日で習得できるでしょう。セファリスさんは普通に、一、二か月は覚悟しなさい。全部マスターするのに長くて半年です」

そう言った後に、先生はくるりと私の方を向いた。

「全てを習得したのち、あなたに頼みたいことがあるのですが」

先生、分かっていますか？

私はすでに、学生、騎士、それに教師と神獣調理人を兼務しているんですよ。あ、ドラゴンの世話係もしていました。

そういえば、キルテナも同じ部屋にいるよ。離れたくても無理だからね。

騒がしくされると困るので、大量の肉まんを買ってあげた。

ほら、あんなに大量の……、あれ？

「人間は気の毒だな。強化技能を覚えるのにそんなに時間が掛かるんだから。我々は一瞬だぞ。神ゆえに。ふはははは！」

……うざい。肉まんが全然足りなかったようだ。

ジル先生はキルテナを綺麗《きれい》に無視して話を続ける。

「トレミナさんに全強化の技能を作ってもらいたいのです」

また大変そうなのが来た。

強化技能の修行に入った私。ジル先生にアドバイスをもらいつつ、〈アタックゲイン〉を十日で、〈**ガードゲイン**〉を五日で、〈**スピードゲイン**〉を二日で習得した。

まさに先生の予言通りピッタリの日数。さすが私の師匠だ。

その後、頼まれた全強化技能の製作に取り組むことにした。

要は各ゲインをつなげればいいんだけど、これがなかなか簡単じゃない。配分比率や接合の仕方を少しでも誤ればすぐに頓挫《とんざ》する。

全強化は過去にも世界のあちこちで作られていた。

しかし、どれも効果は今一つ。あまりに微妙なものばかりできるので実現は不可能と言われたほど。

微妙であっても開発者達は相当な苦労をしている。しばしばこう例えられた。まるで暗闇の中を手探りで歩いているようだ、と。

この表現は結構当たっているらしいけど、私の場合は大分違う。

会議室で何とか皆の意見を取りまとめ、なだめすかす。私はそんな感じ……。


～第一五六回ゲイン会議　イン　私の精神世界～

皆さん、そろそろ一つになってくれませんか？

比率は前回確定したでしょ。

また蒸し返さないでくださいよ、〈**ガードゲイン**〉さん。

『むぅ……、ですが私の割合が一番少ないのはやはり納得が……』

少ないと言っても、最も多い〈アタックゲイン〉さんとの差は一パーセントもありませんから。ここはどうか堪えて。

『そうですよ、〈ガードゲイン〉。わがままを言うものではありません』

もう〈アタックゲイン〉さん、火に油なのでやめてくださいって毎回言ってるでしょ。分かってます？　あなた方が折り合わないせいで、今までどれだけの研究者が泣きを見たか。

やっぱり間には〈スピードゲイン〉さんに入ってもらった方がよさそうです。

『了解しました。ほら、二ゲイン共、あまりマスターを困らせるものではありませんよ。さ、私とくっついて』

『ですが私はまだ納得が……』

もう、いい加減にしてください、〈ガードゲイン〉さん。一つになれば全部あなたなんですから。

とりあえず引っついてみましょう。さあ。さあ。

『マ！　マスター！　押さないで……！』

ふー……、まったく困ったゲインです。

おや？　どうしました、〈アタックゲイン〉さん。

『それがうまく接合できないのですよ』

え、そんなはずは……。ああ、下のところ、間違えてますよ。

そこは第一一八回の会議でやり方を決めたでしょ。

『そうでした、えーと、こうでしたね。はい、接合完了です』

では、〈**スピードゲイン**〉さんの合図で合体してください。

『いきますよ、二ゲイン共。せーの、合体！』

――――。

状態はどうですか？

『はい、かつてないほどに安定しています。マスター、今回はいいのでは？』

ですね、マナ消費対効果もこれまでの最高値を示しています。

成功と言っていいかもしれません。二千六百十五回目の合体にして、ついにですね。

『それではマスター、私に名前を付けていただけませんか？』

分かりました、……オールゲイン、なんてどうです？

『ありえません。実質的に一択だと思います』

…………、……トレミナ、ゲインで。

『了承されました。私は今から〈**トレミナゲイン**〉です！』

じゃあ早速ですみませんが、あなたの分身である結晶を二つほど作ってもらえますか？

『お安いご用です。ところでマスター、私は世間のゲイン事情もマスターを取り巻く環境も存じています』

〈**トレミナゲイン**〉さんは私の意思が派生したもので、記憶も共有していますからね。でも、それがどうしたんです？

『私は確信しているのですよ。私の分身達は、マスターがお住まいの国に大いに貢献できると』

…………？　はい、頼りにしていますよ。

『ふふ、マスターもすぐにお分かりになりますよ』

……どうして技能が私より先を読んでいるんだろう？

あ、おっとりしてないからか。


〜現実世界〜

とりあえず出来たし、リズテレス姫とジル先生に提出しよう。二か月も掛けたから、ちょっとは評価してもらえるといいな。

二人は習得に数日要するらしいけど、解析自体は一時間ほどで終わるというので、理事長室で待たせてもらうことにした。

姫様、学園の理事長だったのか。何となく、そんな気はしてたけど。

窓から校庭を眺める。

季節はもうすぐ夏。私の好きな季節だ。

今頃、ノサコット村ではジャガイモの収穫最盛期を迎えているだろう。今年の出来はどうかな。ゲインよりそっちの方が気になる。

おっと、ごめん、〈**トレミナゲイン**〉さん。

二十分ほど経った頃、リズテレス姫が突然ガタンと椅子から立ち上がった。

「……これは、大変なものだわ……！」

執務机から飛び出すと、ソファーのジル先生に迫る。

「ねえジルさん！　大変でしょ！」

「いえ、私はまだ時間が……、そこまでですか？」

「そこまでよ！　早く！　早く見て！」

「せ、急かさないでください……」

それからさらに二十分ほど経ち、ジル先生もソファーを立った。

「……確かにこれは、大変ですね……！」

姫様と先生、揃って窓辺の私を見る。

そんなに、大変ですか？

理事長室にて。私がソファーに腰を下ろすと、正面にジル先生が座ってきた。

私達の前にコーヒーのカップが置かれる。

淹れてくれたのはなんとリズテレス姫だ。

姫様自ら、恐れいります。わあ、いい香り。

テーブルのチョコレートを一つ摘まみ上げ、口へと運ぶ。それからコーヒーを飲むと、幸せなハーモニーが生まれた。

紅茶も美味しいけど、この余韻は出せない。もう一個チョコを。

私の様子を見ていたジル先生もコーヒーを一口。

「〈トレミナゲイン〉のマナ消費量は、一般ゲインの約二倍。効果はゲイン全種を同時に使った時とほぼ同等です」

「はい、そのように作りました」

「通常のゲインと重ねて使用することができます」

「別の技能になっているのでそうですね」

「そして、〈**トレミナゲイン**〉は騎士団全員に配布されます」

「使ってもらえるんですか。お役に立ってよかったです」

私はチョコレートを一つ摘まみ上げ、口へと運んだ。それからコーヒーを。

静寂が流れた。

あ、先生、今ため息をつきました？　最近多くないですか？

あまりよくないですよ。ため息一回ごとに幸せが逃げていくって言いますし。コーヒーを飲む前にチョコを食べればいいんじゃないですかね？

とリズテレス姫が先生の隣に座る。小さく息を吸いこんだ。

「おっとりにもほどがある！　国全体で見ればどれだけの戦力強化になったかということよ！」

国全体……、規模が大きすぎてピンとこないです。

またため息ですか、先生。

「黒狼と戦った第一二七部隊を思い出してみなさい。もし彼らがあの時、〈**トレミナゲイン**〉を使えたらどうなっていましたか？」

確か、私達が参戦する前は、ミラーテさん率いる第一二七部隊が【**黒天星狼**】の足止めをしてくれていたよね。七人共〈全〉の状態で、もちろんゲインも全て使って。黒狼の方は本気じゃなかったけど、足止めできていたのは事実だ。

もし全員が〈トレミナゲイン〉を使えていたなら、【黒天星狼】は本気を出さざるをえなかったはず。それでも部隊は善戦していたに違いない。

「そう、つまり通常の部隊でも〈トレミナゲイン〉があれば守護神獣に対抗できるということです。ちなみに、当時の第一二七部隊は通常より少し劣るくらいでした。指揮官もミラーテでしたしね」

先生、ひどいです。

立ち上がったリズテレス姫が自分の執務机へと歩いていく。

その前でくるりと振り返った。

「おっとりにははっきりと言わないとダメね。〈トレミナゲイン〉の導入により、二百を超える部隊が守護神獣と渡り合えるようになるわ」

姫様は私にビシリと指を突きつけた。

「コーネルキアは約二百頭の守護神獣を手に入れたも同然なのよ！」

一頭しかいなかった私達の国に、いきなり二百頭も……。

「大変なことじゃないですか」

「だからそう言っているでしょう……。あなたならもしかしたら、と思って依頼しましたが、まさかここまでの全強化技能を作ってくるとは。おそらく世界初の成功例です。姫様、運用法をしっかり決めておかないと」

ジル先生が視線を送ると、リズテレス姫は「ええ」と頷いた。

「トレミナさん、〈トレミナゲイン〉の伝授はあなたにも手伝ってもらうことになるけど、大事なお願いがあるの」

お願いされたのは、人に渡す〈トレミナゲイン〉は新たに結晶を作れないよう制限をかけてほしいということ。

うん、そういうこともやろうと思えばできる。門外不出の技なんかはそうやって外部に漏れないように守ってるらしいから。

このゲインはそこまでするほどのものですか？　と尋ねたら、世界初の全強化がどれほど貴重か、二人からしつこいくらい懇切丁寧に説明された……。

その辺の道場の秘技なんて比じゃない、と。

……その辺の道場主さんに失礼ですよ。

「じゃあ、騎士の皆さんへの配布は、私と先生、姫様でやるんですか？」

リズテレス姫は少し考えた後に、閃《ひらめ》いたように顔を輝かせた。

「父さんと母さんにもお願いするわ。どうせならコーネルキアの至宝ということにして、騎士達には正式な場で伝授しましょ」

〈トレミナゲイン〉さん、あなた、王国の至宝になりましたよ。

＊

騎士達への〈トレミナゲイン〉の伝授は王城で行われることになった。

夏の強い日差しを受けて、石造りの城は荘厳な雰囲気を醸し出している。

もちろん私は初めて中に入る。私達の暮らすコーネガルデには大体何でも揃っており、王都に来ること自体あまりない。

騎士の多くは警備や伝令で出入りしているみたいだけど、私は騎士になってまだ数か月だしね。と思っていると、同期のチェルシャさんが得意げな笑みを。

「私は来たことがある。王様にラーメンをごちそうになった」

お城で、ラーメン？

ずいぶんミスマッチだけど、国民に食事を振る舞ってくれるなんて優しい王様なんだね。

今日は王様にも王妃様にも会う。

おっとりして失礼なことをしないように気を付けないと。

ちなみに、一緒にやって来たのはチェルシャさんだけじゃない。今回〈トレミナゲイン〉を伝授される、ランキング百位までの騎士達も一緒だ。

当然、ナンバーズもいるよ。ロサルカさん、リオリッタさん、ライさん。

「私はやはり、ジル様に入れていただきたいですね。ゲインを」

「私は絶対トレミナちゃんね！」

「僕は誰でもいいけど、王妃様かな。一番人気なさそうで可哀想《かわいそう》だし」

前を歩くチェルシャさんが勢いよく振り返った。

「姫様一択！」

……何だか、提供する私達五人の人気投票みたいになっていませんか？

なお、ここにいるナンバーズは私を含めて五人だけ。

セファリスはようやく〈アタックゲイン〉を覚えたところで、全種習得が条件の〈トレミナゲイン〉は受け取れない。今日はキルテナを見てもらっているよ。

レゼイユ団長は任務中なので、現地から直接来るらしい。

三位と四位の人は訳あって今いる場所を離れられないとかで欠席。私、二人の顔どころか名前も知らないんだけど……。

ジル先生は先に王城で待ってるって。と噂をすれば。

城門を抜けた所に先生が立っていた。

「トレミナさん、きちんと渡した服を着てきましたね」

授与式では正装ということで、全員が黒煌合金の装備を身につけている。

でも、私だけゴワゴワした派手なローブと、やけに縦長の山高帽を着用するように言われた。

伝授する側の衣装かと思ったら、先生も鎧姿じゃないですか。

「それは開発者であるトレミナさん専用です。あなたは田舎のどんぐり感が滲み出ていますから、これくらい着飾らないと威厳が出ません」

「私、もう二年以上街で暮らしているんですが。あと、これ見た目が暑すぎます……」

「体感温度はマナでコントロールできるでしょう。仕方ありませんね、直前まで脱いでおいていいです」

ジル先生が借りてきてくれた袋に、ローブと帽子をぎゅぎゅっと押しこむ。下は普段着の半袖シャツとズボンだからね。一気に涼しげに。

「せっかく仕立ててあげたのに、どんぐりで入城するとは」

「全く気にしません。早く行きましょう」

謁見の間に入ると、リズテレス姫が出迎えてくれた。

「今日はずいぶんとマナを抑えているのね、トレミナさん」

「王様達に失礼があってはいけませんから。姫様だって」

「私はお城にいる時はいつもこの状態だから」

傍から見れば、今の私達は普通の子供にしか見えないだろう。

姫様と話していると、三十歳前後の長い髪の女性がこちらへ。

「リズのお友達かしら？」

「初めまして、ノサコット村の者です」

これを聞いていた、同い年くらいのハンサムな男性もやって来た。

「ノサコット村の子か。今年はすごいジャガイモができたそうだね」

「はい、豊作だった上に、まさかあんなものまでできるとは」

間違いない。この二人が、国王アルゼオン様と王妃フローテレス様だ。

光の王と怒涛《どとう》の魔女。どちらも相当な使い手だね。その実力は、んー……、ランキング五十位台の人達と同じくらいかな。

ちゃんとご挨拶《あいさつ》しないと。まだ名乗ってもいない。失礼になってしまう。

と思っているとアルゼオン王が。

「リズ、今日はトレミナ導師様もおいでになるんだろう？　国王として、我が国にあれほどの技を授《さず》けてくださったお礼を申し上げたいんだが」

「父さん、それなら」

姫様が私を紹介しようとした矢先、ジル先生が「式典のお時間です」と。二人は慌てて玉座の前に並んだ。

ご挨拶できなかった。えーと、私はどうすればいいんだろう。

辺りを見回していると、姫様がニコリと微笑んだ。

「心配しないで、私の隣に立っていればいいから。名前が読み上げられたら一歩前へ。きちんとローブは着ておいてね。……そうだわ、その時にマナを〈常〉にしてくれる？　きっと威厳が出るわよ」

私、そんなに威厳ないですか？　まあ、ないかな。

騎士達が謁見の間に整列し、式典が始まった。

玉座の前には王様と王妃様。隣にリズテレス姫が立ち、その横にいる私を、二人は不思議そうな目で見つめる。

確かに、姫様の友人とはいえ、ジャガイモ農家の村娘がここにいるのはおかしいよね。だからご挨拶したかったのに。

式典の進行はジル先生が務める。

「これより〈トレミナゲイン〉伝授の儀を始めます。それに先立ちまして、この世界初の全強化技能を生み出された方をご紹介いたします」

あ、もう出番だ。

後ろに下がって、急いでローブと帽子を装着。

「〈トレミナゲイン〉をこの国に授けてくださったトレミナ導師様です」

何とか間に合った。

前に出ると同時にマナを〈常〉に。

すると、アルゼオン王とフローテレス王妃が私を二度見。

二人揃って膝がガクンと抜けた。

……私、失礼なことはしてないですよね？

――――。

「私はノサコット村のトレミナ・トレイミーです。コーネルキア騎士団のナンバー5を務めさせていただいています。また、現在コーネガルデ学園の三年生で、全学年の実技教員も兼務しています」

王様と王妃様にようやくきちんとご挨拶できた。

最初からこうしておけば、あんな風に式典本番で膝が抜けることも……、
あれ？　二人共、固まったまま全く動かない。

あの、大丈夫ですか？

下から覗きこんでいると、アルゼオン王の方が我に返った。

「……リズ、この子は、本当に人間か？　ジャガイモの、いや、どんぐりの神獣じゃないのか……？」

そんな神獣いませんよ。たぶん。

リズテレス姫が私の肩にポンと手を置いた。

「人間よ。父さん、お礼を言うんじゃなかったの？」

「ああ、そうだった……。ト、トレミナ導師、様、我が国に〈トレミナゲイン〉をもたらしてくださり、ありがとう、ございます……」

「どういたしまして。お役に立てて、私も一国民として嬉しい限りです」

「なんて堂々としてるの！　絶対に普通の子供じゃないわ！」

フローテレス王妃が叫んだ。

姫様の話通り、確かによく喋《しゃべ》りそうな人だね。

「では自己紹介も済んだところで、式典の再開といきたいのですが……」

ジル先生が部屋の入口に目を向ける。

そう、まだ授与式の途中だった。これから順番に〈トレミナゲイン〉の伝授なんだけど、中断せざるをえない事情が。

一番初めに授与される、ランキング一位のレゼイユさんが現れない。

現地から直接来るってことになっていたよね。

現地とはつまり、……あ、ちょうど来たみたい。

マナ感知で気付いた全員が、一斉に謁見の間の出入口に視線をやった。

そして、バンッ！　と扉が開かれると、一斉に眉をひそめた。

……血まみれじゃないですか、レゼイユ団長。

全部返り血でしょうけど。

彼女は絨毯《じゅうたん》の上をずかずかと歩き、アルゼオン王の前へ。

王様、一歩引く。

「守護神獣の稀少肉を調理場に運んでおきましたよ。王妃様と食べてください。二人共、王と王妃にしてはちょっと弱いですからね」

「あ、ありがとう、二人でいただくよ」

団長、戦闘力で王や王妃になるわけじゃありませんよ。

式典が再開され、まずレゼイユ団長が王様から技能結晶を受け取った。

彼女はそのまま私の所に。

紫がかった瞳でじーっと私を凝視。この人の、見つめながら考える癖、苦手だな。得意な人なんていないだろうけど。

「解析は後でしますが、話は聞いています。素晴らしいものを作りましたね、騎士トレミナ。さすが私の弟子、の妹」

「どうも、ありがとうございます」

「レゼイユさん、〈トレミナゲイン〉を習得した場合、あなたと五竜ヴィオゼームとの力の差はどれくらいかしら？」

隣からそう尋ねたのはリズテレス姫。

団長は「んー」と考えながら、また私を凝視。どうしてそこは姫様じゃなくて私なんですか。

「騎士トレミナを見ていると、心が安らいで考えがまとまるのです」

あ、私限定でしたか……。

「まとまりました。騎士トレミナが私に追いついてくれれば、二人で何とかなりそうです」

「そう、頑張ってね、トレミナさん」

「待ってください。もし私と団長が同じ体質なら、追いつくのは不可能では？」

「可能です。なぜなら騎士トレミナの成長速度は私を上回っているからです。騎士トレミナ、お前まさか……」

再び私を凝視。もう何だか慣れてきましたよ。

「毎日八時間くらいしか寝ていないのではないですか？」

八時間くらい、しか？

これにリズテレス姫が深いため息をついた。

「……レゼイユさん、一日十二時間は寝るのよ」

……寝すぎでしょ。

そういえば、お姉ちゃんが言ってたっけ。師匠は所構わず寝るから、敵地ではすごく怖いって。

「騎士団で私に追いつける者がいるとすれば、騎士トレミナ、お前だけです」

そう言い残してレゼイユ団長は帰っていった。

私達が喋っている間に、騎士達は技能結晶をもらいたい人の前に集まっていた。ジル先生が数えた結果、こうなったよ。

アルゼオン王　　　　　七人（団長含む）
フローテレス王妃　　　二人
リズテレス姫　　　　十八人
ジル先生　　　　　　十四人
トレミナ導師　　　五十一人
欠席　　　　　　　　　八人（先生、導師含む）

王様、王妃様、何だかすみません。

改めて視線を戻す。私の前には騎士達の長蛇の列が。

……どうしてこんなに。

「開発者であるトレミナさんはいわゆる始祖にあたります。あなたから直接受け取りたいと思うのが人情でしょう」

人情、ですか、ジル先生。

「それに何と言ってもトレミナちゃんは可愛いからね！　さあ、私が一番よ！　早く早く！」

列の先頭からリオリッタさんが急かしてくる。

待ってください、この数の技能結晶は……、まあ作れるか。

「トレミナさん、マナが足りないようなら、私とジルさんで残りを受け持つから。心配はいらないわよ」

そう申し出てくれたのはリズテレス姫。

これを聞いていたフローテレス王妃がツカツカと詰め寄ってきた。

「リズ、あなた、そもそもマナは使えないでしょ？」

場の空気が凍りついた。

そうだ、姫様はずっとマナが使えることを隠し通してきた。

もちろん騎士達は知ってるけど。あ、アルゼオン王も知ってるみたい。目がすごく泳いでる。じゃあこの場で知らないのは、……王妃様だけだ。

リズテレス姫はふーっと一息。

「いよいよこの時が来てしまったようね。母さんは気位が高いから、明かすのは躊躇《ため》わざるをえなかった」

「リ！　リズ！　待てっ！」

王様の制止は間に合わなかった。

姫様の体を大量のマナが覆っていく。

「なんて量なの……、それがリズの〈闘〉……」

「現実から目を背けないで、母さん。マナの流れで分かるでしょ。これはまだ私の〈常〉。そして、これが〈闘〉よ」

姫様の纏うマナが一気に増え、力強さも増した。

腰から砕ける王妃様。

慌ててアルゼオン王が駆け寄ろうとするも、それより早く、一人の騎士が彼女を抱き止めていた。

「大丈夫ですか、フローテレス様」

「……あら、ナディックさん、ありがとう」

甘いマスクの男の人。なぜだろう、どこか危険な香りがする。

すると、リズテレス姫の列の先頭にいたチェルシャさんがスッと。

「奴はランキング十一位、閃光の騎士ナディック。年上女性を好む熟女キラー。ターゲットが既婚者だろうが奴には関係ない。旦那に見つかったら閃光の速さで逃げる」

……なんて危険な人だ。

王様、気を付けてください。いや、心配ない。ちゃんと分かってるみたい。

妻を奪い返したアルゼオン王は、彼女を連れて奥に下がっていく。

退室前に一度振り返った。

「リズ、あとは任せていいか？」

「ええ、大丈夫よ」

王様と王妃様に並んでいた騎士達は、姫様とジル先生の所に割り振られ、ようやく技能結晶の伝授が始まった。

〈トレミナゲイン〉さん、見ていますか？

あなたの分身が皆に広がっていきますよ。

実は、私がリズテレス姫とジル先生に結晶を渡した際、ちょっとした想いを込めておいた。どうか宿主となる人を守ってください、と。

気休め程度にしかならないかもしれないけどね。

姫様から受け取ったチェルシャさんがうっとりとした表情を。

そんな成分は入っていませんよ。

ジル先生から受け取ったロサルカさんが恍惚とした顔に。

そんな成分は入っていませんって。

……今更だけど、この騎士団、変な人多くないかな。

レゼイユ団長が変態って呼ばれてるけど、皆、結構いい勝負してると思う。

第五章

初任務に向けて

Jagaimo nouka no muramusume,
Kenshin to utawarerumade.

〈トレミナゲイン〉の配布は日を空けて行われる。

一回につき百人の騎士が伝授される。コーネルキア騎士団は三千人以上いるので数か月は要する見通しだ。何とか年内には終わるだろうか。

導師としての仕事が追加され、私は一層忙しくなった。

だけど、それ以上に多忙を極めているのがジル先生。授与式への参加に、騎士達のシフト調整と、もう目が回るほど。

教師の仕事をやっている余裕はなくなった。

先生、本当に一人で全部担ってるんだな。私も訓練の相手をお願いしたいけど、とても無理そうだ。

というわけで、騎士団の実質ナンバー2の人に頼むことにした。

「申し出を受けていただき、ありがとうございます。ライさん」

「いいよ、ハンバーガーではお世話になったし、僕もトレミナさんと一度戦ってみたかったから」

不動のナンバー10、ライさんと闘技場にやって来たよ。

ちなみに、セファリスとキルテナも一緒ね。

「でも、どうして普段着のままで武器もなしなんですか？」

私とお姉ちゃんはしっかりフル装備だ。

「気を悪くしないでね。今の君ならまだ必要ないから。けど、これだとそっちがやりづらいだろうから、そうだな……」

と彼はその綺麗な顔をキルテナに向けた。

ライさんの体から溢《あふ》れたマナが竜の形へと変化していく。

「あれって、あんたの〈**竜闘武装**〉じゃない？」

「私のは神の技だぞ。そう簡単に真似できるものか。私のは飛べるし、竜の方の口からブレスも出せる」

セファリスとキルテナがそんな話をしていると、ライさんはドラゴンの翼で宙へと舞い上がった。

さらに、

「火霊よ、竜の口から継続して発射。〈**ファイアボール**〉」

竜の方の口から火球を放つ。

ドーンッ！

ドラゴン少女の前の地面が吹き飛んだ。

「飛んだし、ブレスも出したわよ」

「……そんな、神の技が簡単に」

「違うよ、あれだとライさんは四属性のブレスを出せることになる。キルテナは雷だけでしょ」

「え……」

「ライさんの方が神の技より上ってこと」

悪いことを言ってしまったかもしれない。キルテナが放心状態に。

ただ、あの技はそれほど簡単じゃないと思う。

きっと色んな高等技術が詰まってる。

竜の翼は浮遊状態と巧みなコントロールを維持し続けてるよね。〈**ファイアボール**〉もずっと発動してる状態で、詠唱なしで何発でも撃てるんだろう。

即席で作ってこの完成度。

ライさん、やっぱりただ者じゃない。

「僕が使うのはこの竜のオーラと火のブレスだけだよ。トレミナさんは装備も含めて全力で来てくれていいから。でも〈**トレミナボールⅡ**〉は止めるの面倒だからやめてほしいかな」

面倒だけど止められるんですね。

装備も含めて全力で、ということは……、あ、これはどうしよう。

腰から抜いたリボルバーを見つめる。

五属性弾、一発十万ノア以上するんだよね。

「使いなよ。練習しておかないといざって時に困るでしょ。それに、銃弾もトレミナさんの給料なら月百発以上は買えるはず」

確かに、結構もらってはいる。よし、一発でジャガイモ何百個買えるか分からないけど、思い切って消費しよう。

セファリスとキルテナが観客席に歩いていく。

「トレミナ頑張って！　どんぐりと侮ったことを後悔させてやりなさい！」

お姉ちゃん、今回はどんぐりって言われてないよ。

「頑張れトレミナ！　神の技を超えたあいつを超えろ！」

キルテナ、そうなると神の技がどんどん下に行くけどいいの？

ともかく、お言葉に甘えて全力で行かせてもらいます、ライさん。

まずは〈**アタックゲイン**〉、〈**ガードゲイン**〉、〈**スピードゲイン**〉を発動。

そして、〈**トレミナゲイン**〉だ。

強化を覚えてから初めて本気で戦う。

実はちょっと楽しみでもあったりするよ。

するとライさんがいじわるな笑みを。

「どうせならこれ、下剋上戦にしようか。僕に下剋上されたくなかったら、本当に頑張って」

あれ？　不動のナンバー10では？

とりあえず……、よし、試合開始だ。

と思ったものの、違和感が。

右手に拳銃、左手に盾。おや、剣が持てない。

両手を交互に見比べ、盾をザスッと地面に刺した。防御はマナを全開にすればたぶん何とかなるよね。右手に剣、左手に拳銃というスタイルになった。

よし、試合開始だ。

私の様子を観察していたライさんが呆れ気味に。

「本当におっとりしてるね。大丈夫なの？」

「大丈夫です。始めましょう」

先手はライさん。竜の口から火炎球を発射した。

これを避けた私は走りながら銃を構える。

リボルバーに装填《そうてん》できる弾は六発。今回は、最初の五発は全て異なる属性、つまり全五属性を入れてある。当然ながら私は出る順番を覚えているよ。

一番初めに発射されるのは、こちらも火属性だ。

ドンッ！　ボワァァ――――ッ！

着弾と同時に、ライさんを中心に大きく燃え広がった。

火の海から出てきた彼は余裕の笑み。

「強化の効果に加え、かなりマナを込めてるね。僕のブレスより断然高威力だ」

笑ってる暇も喋ってる暇もありませんよ。

すでに追撃態勢の私。

剣で薙ぎ払いながら、〈プラスソード〉七メートル。

ライさんは翼で空中に逃れる。

予測済みです。

まずは〈オーバーアタック〉を発動。リボルバーの銃口を向けた。

二番目の銃弾は、風属性だ。

ドンッ！　ゴオォォ――――！

荒れ狂う風がライさんを吹き飛ばし、闘技場の壁に叩きつけた。

竜のオーラで守られているから、割と平気そうだね。やっぱりあれは攻防一体の技みたい。おっと、反撃が来る。

飛んできた火球にマナの大剣をぶつけ、手前で爆発させる。

ところが、続けて次の火の玉が。

ブレスに見立てたあの〈**ファイアボール**〉はずっと発動中。連射も可能ってことか。避けられない。

〈**全**〉で防御。

ドパ――――ンッ！

あち、けど私も割と平気だよ。

ライさん、また飛ぼうとしてる？　させませんよ。

拳銃を構えた。

次の銃弾は私の好きな属性、地属性だ。

ドンッ！　ドゴォッッ！

闘技場の地面がめくれ上がり、包むようにライ竜を中に閉じこめた。

が、マナの尻尾を振り回してあっさり脱出。

ん？　またブレス？

……あれはやばい。

すぐに私は回れ右して駆け出した。

〈**ファイアボール**〉というのは火属性の初級魔法。ライさんはそれに相当な量のマナを込めて撃ってきてる。

今回は相当どころか限界まで注ぎこんだ一撃が来そう。

〈**ファイアボール**〉として最大威力のものってこと。

目的の場所に辿り着いた私は、急いで〈**全**〉状態で屈む。

直後に、これまでとは桁外れの大爆発――。

あちちちち、けど今回もどうにか平気だよ。

私が戻ってきたのは盾を刺した最初の場所。すぐに〈**プラスシールド**〉を展開したおかげで持ち堪えることができた。

だけど、今のを連射されるとさすがにきついね。

ここは守るより攻めるのが得策。

魔導弾、発射。

四発目に入っているのは、雷属性だ。

ドンッ！　バチバチバチバチバチッ！

マナ竜の全身を電撃が駆け巡る。

「痺れて動けなくなるのを期待していたなら残念。それほど効いてないよ」

分かっています。一発消費したかっただけですから。

使いたかったのは次の弾、水属性だ。

その前に〈**オーバーアタック**〉で発射。

ドンッ！　シュ――――、パキパキパキパキパキッ！

ライさんの竜オーラを氷が覆い尽くした。

私はリボルバーを構えたまま、次の銃弾にマナを送る。

「なかなか強固な氷の拘束だね。でも次の弾は相性悪いでしょ。順番的に火属性……、ってあれ？　違うの？」

違います。最後の弾は私の好きな属性です。

六発目は、地属性だ。

〈オーバーアタック〉をかけてから引き金を。

ドンッ！　ドッゴオォォッッ！

先ほどより巨大な大地の檻が出現していた。

この二重の拘束なら少しは動きを止められるはず。

〈トレミナボールⅡ〉は撃たない約束なので、別の技でフィニッシュとさせてもらいます。

〈ステップ〉を足場に二段ジャンプ。

今の私なら、きっと〈プラスソード〉の最大威力を引き出せる。

〈オーバーアタック〉からの、

〈プラスソード〉十メートル、幅広マナ大剣。斬り。

ズッバ――――――ッッ！

巨大な刃は竜のオーラを破って内部まで。

しかし、本体のライさんに片手で止められている。

フィニッシュ、ならず。

いや、でもこれは……。

「まさか、本気でガードすることになるとは。トレミナさんの勝ちだ」

「ありがとうございます」

「噂には聞いていたけど、君、戦闘になると本当に切り替わるね。全然おっとりじゃなくなる」

「え、いつもと一緒じゃないですか。自分ではよく分かりません」

「……無意識か。本当、おっとりしてるね」

＊

統一暦八六七年七月中旬。

夏も盛りに近付きつつある。大陸の北にあるコーネルキアでも結構な暑さだ。

おっとりしている私は汗なんてかかないって思われがちだけど、そんなことはない。私だって人間なので汗はかく。

ただ、錬気法の習得者はマナをコントロールすることで、ある程度は発汗を抑えられる。平常心が崩れると難しいけどね。

それ以前に、暑さ対策としてはマナを纏えばガードできる。

私の〈常〉なら気温の変化はほとんど受けないよ。

ゴワゴワのローブを着るのにも慣れてきた。

そういえば、今日も導師としてあれを着る日だ。

〈トレミナゲイン〉の伝授も順調に進み、隊長クラスへの配布は終わった。今日は確か、ランキング五百位台の人達だね。

ジル先生も忙しい中でしっかりこなしているし、私も導師として頑張らないと。

……そもそも、導師って何だろう？

あ、お城に行く前に銀行に寄らなきゃ。お給料の確認をするよ。

――銀行にて、通帳を見ながら私は首を傾げていた。

すごく増えてる。

元々、ナンバー5になってから月給は格段に上がった。

先月の給料は二千百七十八万ノア。それが今月は四千六百五十一万ノアに。

どうして倍増してるの？

「あなた、私の給料を超えましたよ」

いつの間にか、背後からジル先生が通帳を覗きこんでいた。

「勝手に見ないでください」

「見なくても知っていましたけどね。私は事務方のトップでもありますから」

ああ、そっか。

「お詫《わ》びに私のも見せてあげますよ、ほら」

「どうも。先生も四千万以上あるじゃないですか。……すごく貯めこんでますね」

「当然です。ドラグセンに勝利した暁には、引退して貯金で悠々自適の生活を送る予定ですので」

「もう再来年ですよね。引退、早すぎませんか……」

でも、先生が今、頑張れている理由は分かった気がする。

ゴールが見えてるからだ。それも戦争に勝ってこそだけど。いや、敗けても先生なら一人で国外脱出できるか。

すると、私の思考を読んだジル先生の眼が光った。

「見くびらないでください。仮にコーネルキアが敗戦国になることがあったとしても、その時には、私はすでにこの世を去っています」

「失礼しました。私にはそこまでの覚悟はありません」

「あるでしょう。自分が村のために死のうとしたこと、忘れたんですか?」

「そうでした、覚悟ありました」

「……おっとりしてますね。こんな心配しなくても、我が国はきっと勝利しますよ。**〈トレミナゲイン〉**のおかげで勝算は高まりました。さあ、今日も行きましょう」

歩き始めたジル先生だが、「その前に」と立ち止まって振り返る。

「先にお昼を食べましょう。ごちそうしてあげますよ。トレミナさんの好きなコロッケでいいですね」

ジル先生とのご飯はいつも決まってコロッケだ。私からこれを指定したことは一度もない。

コロッケ、間違いなく私より先生の方が好きですよね？

引退後の生活ですが、案外安く上がりそうじゃないですか？

「ところで、私のお給料、どうしてこんなに上がったんですか？」

「それは姫様に訊いてみなさい」

というわけで、授与式後にお城のテラスでリズテレス姫とお茶をすることに。

彼女は紅茶を一口含んでから、いつもの微笑みを浮かべた。

「導師としての給与が加算されたからよ」

「導師って単なる称号かと。どういう役職なんですか？」

「名前の通りよ。この国を導く者、ということ。全強化技能を提供してくれたトレミナさんにピッタリでしょ？　いわゆる国家顧問ね」

「国家顧問……」

何だか大変なものに就いてしまった気がする。

あまり深く考えるのはよそう。それより今は目の前のことだ。私には大事なイベントが待っている。

ライさんに訓練をお願いしたのもそのためなんだよね、実は。

彼は私の意図を汲《く》んで、色んな獣のオーラを纏って何度も相手をしてくれた。

「自信がついたようね。ライさんには感謝しなきゃ」

「はい、いけると思います」

いよいよナンバーズとしての初任務だ。


見晴らしのいいお城中階のテラスにて。お茶会はまだ続いていた。

目の前にはリズテレス姫に代わってユラーナ姫が。

彼女の口は止まることを知らない。

「だからね、キオとしては自分が生きているうちに、リズが国のどこかに転生してくれたら、って考えてたわけよ。それがまさかの孫でしょ。血のつながりはないとはいえ、心情は複雑なの。まあ、想いが強すぎたのね。私からすれば重すぎる想いよ。どんだけ一途だって話」

「それでキオゴード様は今どちらに？」

「今は東の方にいるみたい。五竜クラスの神獣なんてそう簡単に味方にはなってくれないから、大分てこずってるようだわ。キオもキオで昔を思い出して世界旅行を満喫してるようだけど」

「やっとリズテレス姫に会えたのにですか？」

「そこが複雑なのよ。リズの成長する姿を見るのは耐えられないってこと」

キオゴード様はコーネルキアの建国者で、享護さんの転生した姿だ。

現在は傷心旅行の最中らしい。

私達の国が、一人の女性を待つために創られたという衝撃の事実。

でも、元々ここに住んでいた人達がそれで助かったのも事実だし、やっぱり感謝すべきなんだろうと思う。むしろ国創りの動機としてはすごく純粋で、少し微笑ましくもある。

それにしてもキオゴード様、……気の毒だな。

すると、マナから私の思念を読んだユラーナ姫が「そんなに気の毒じゃないわよ」と。

彼女もここ数年マナの修行をしているらしく、実力は八百位台の騎士達と同じくらい。八歳という年齢を考えれば驚くべきことだ。

王妃様は実の娘が化け物と知るまでは、養子のユラーナ姫を天才児だと思っていたんだって。

ちなみに、フローテレス王妃が転生者達のことを知ったのは、あの第一回授与式の後で、ショックで寝込んじゃったみたい。

王妃様も気の毒だ……。

「王妃様はね……。ほんとリズは……。キオの方はそうでもないから。年齢の差が空くのは分かってたし、リズとどうしたいってことも思ってなかったのよ。結局、今が願った通りの形ってわけ。だから、大戦は絶対に乗り越えなきゃね」

そう言ってユラーナ姫は席を立った。

「話はここまでね。次は『何の因果で私が孤児に！』を聞かせてあげるわ」

入口からリズテレス姫が荷物を抱えて歩いてくる。

「ユラ、余計なことは……、話したわね、絶対」

「いいじゃない。彼女はうちの国家顧問なんだし。じゃあね、トレミナさん」

手を振りながらユラーナ姫は去り、入れ替わりでリズテレス姫が席についた。

「待たせたわね。これが南方の資料よ」

姫様がテーブルに広げた地図を私も覗きこむ。

それから、傍らの文書を手に取ってパラパラと。

「かなり詳細に調べてありますね」

「なるべく近いうちに、と思っていたから。早く南の人達を助けてあげたいし」

コーネルキアの南側は、まだ野良神達が跋扈する無法地帯のまま。そこに先鋒隊として遠征し、力のある神獣を討伐するのが私の任務だ。

今はドラグセンの動きも抑えられているので、この隙に領土を拡大しようということだね。

意外かもしれないけど、私は今回の任務に乗り気なんだよ。

かつてノサコット村がそうしてもらったように、今度は私が危険な地域で暮らす人達を助けに行く。

私は今までにないほど張り切っている。

きっとこれが張り切るというやつだ。たぶん。


統一暦八六七年七月下旬。

夏になると町では庭でバーベキューをして楽しむのが一般的らしい。

なので、我が家でもやってみることに。といっても火炎板コンロを外に移動させただけなんだけど。

それでも、セファリスはこういうイベントごとが大好きだし、キルテナもいつもより多く肉を食べられるとあって、二人共大はしゃぎだ。

はしゃいでばかりいないで、どっちか手伝ってよ。まあ、今更か。

下準備は済ませてあるので、とりあえず焼いていこう。

肉は冷凍してあった稀少肉を。

それにソーセージや野菜類なんかも網の上に並べていく。

ジュ――――……。

香ばしい匂いが庭に漂う。

実は今日のバーベキューはただのレジャーじゃない。

南方遠征の打ち合わせも兼ねているよ。

行くのは私とセファリス、と必然的にキルテナ。あと一人、ナンバーズが加わる予定なんだけど、まだ知らされていなかった。

今日うちに来てくれるって話だったんだよね。

誰なのかは大体予想がついたし、その通りでもあった……。

「トレミナ、もう食べていい？」

「まだですよ、チェルシャさん。どう見ても生でしょ」

チェルシャさんがフォーク片手に肉を凝視していた。

「私は生でも問題ない。いっただきまーす！」

キルテナが伸ばした手を、チェルシャさんはフォークでブスリ。

「問題大あり、だ。お前もここで焼かれたいのか」

すごい、戦闘時以上の殺気だ。バーベキューは仲良くね。

はい、焼けましたよ、どうぞ。

殺気を収めた光の美少女が一口。

「ソースが爽やかで美味しい。これ、マーマレード？」

「はい、マーマレードと醤油がベースです」

「トレミナ、よくこのソース使うわよね。私これ大好きよ！」

お姉ちゃんが大好きだからよく使うんだよ。

バーベキューソースとしても結構ピッタリくるね。

あ、皆、肉ばかりじゃなく野菜も食べてくれないと。

ねえ、キルテナ？

「た、食べてるぞ！　焼きジャガイモうまいなー！」

それはよかった。本当にキルテナはジャガイモ好きなんだから。

じゃあそろそろあれを出そうかな。

稀少肉で作った自家製ベーコン。

厚切りを両面に網目がつくまで焼いて、パンに挟んで食べてね。

「これも美味しい。マーマレード、じゃなくて、マスタードほしいかも」

ちゃんと用意してありますよ、チェルシャさん。

さて、肉もベーコンもなくなりそうだし、本題の打ち合わせを……。

と思っていると、チェルシャさんがフォークを置き、

「肉もベーコンもなくなったし、私は帰る」

くるりと回れ右。

「待ってください。打ち合わせはどうするんですか?」

「打ち合わせ? ああ、南行きのやつか。あれは私じゃない」

「え、ならどうしてここに?」

「道を歩いてたらバーベキューの匂いがしたから、遠慮なくお呼ばれに来た」

……えー、お呼びしてません。遠慮してくださいよ。

うちのキルテナがしょっちゅうグルメツアーに連れて行ってもらってるから、別にいいですけど。

ん? うちのキルテナ?

まあいいか。

でもだったら、あと一人はいったい……、ああ、分かった。

黒いオーラが我が家に近付いてくる。

今回は光じゃなくて闇の騎士だったみたい。

門扉を開けてその人物は庭の中へ。

「お待たせして申し訳ありません。おみやげを用意していたら遅くなりました」

「おみやげなんてよかったのに。ただ食べに来ただけの人もいるんですから」

ロサルカさん、お気遣いすみませんね。

それで何を持ってきてくださったんですか?

「バーベキューと伺っていたので、稀少肉を持参いたしました」

あれ？　チェルシャさん、帰るのでは？

＊

統一暦八六七年八月上旬。

いよいよ今日は南方遠征の日。

なんだけど、これはいったいどういうこと？

早朝、王都コーネフィタルの広場で私は一人、ぽつんと立っていた。

しっかり全身を黒煌合金の装備で固めている。一人だけ張り切りすぎて早く来ちゃいました、的な感じに見えるけど、断じて違う。

王都には元々物資を受け取りに立ち寄る予定だった。

セファリスから先に行っておいてと言われ、来てみたら物資どころか人っ子一人いない。おかしい、散歩している年配の方すらいないとは。

と思っていると、接近する大勢の人をマナで感知。

広場の端から騎士達が続々と。

ずらりと並んだその数、二百人を軽く超える。

そして、中央の空いたスペースに現れたのは、なんとアルゼオン王だ。最初に彼が声を張り上げた。

「トレミナ導師様っ！」

それから騎士達と一緒に。

「「「お誕生日！　おめでとうございますっ！」」」

………………。

あ、私、今日で十二歳になりました。

遠征の準備ですっかり忘れていたよ。

お城の上空に、ポン！　ポン！　と花火が打ち上がり、直後に至る所から人が広場に雪崩れこんできた。

町の住民にお城で働く皆さん、ああ、お姉ちゃんもいるね。

「サプラーイズ！　どう？　どう？　びっくりした？」

これは、きっと準備に時間が掛かってる。

ちゃんと驚いたことにしないと。

「うん、びっくりしたよ。ちゃんと」

「全然いつも通りじゃない！　国を挙げてのサプライズなのに！」

そうなんだ。確かに王様が号令をかけてたね。

私、おっとり失礼なことを。

「トレミナさんならそんな感じだと思っていたわ」

振り返るとリズテレス姫が立っていた。

「今日は記念すべき日で皆騒ぎたいだけ、というのもあるから、気にしなくて大丈夫よ。じゃあ物資を運びこむわね」

記念すべき日？

周囲を見渡すと、誰も彼も嬉しそうな表情を浮かべている。やっとこの日が、とか、待ちに待ったこの日が、とか聞こえるね。

ちょっとマナで聞き耳を立ててみよう。

……なるほど、南から逃げてきた人や、向こうに親類がいる人が結構な数でいるのか。彼らにとって、ついにコーネルキアが動く今日は本当に記念すべき日なんだ。

私も頑張らないといけない。

と決意を新たにしている間に、広場の片隅に物資の山ができていた。

あれは主に食糧だよ。南方は野良神のせいで、町や村の間の輸送が困難らしい。常に食糧不足の状況にあるから、ついでに持っていってあげることになった。

どうやって運ぶかというと……。

えーと、キルテナは……、いたいた。

「キルテナ、頼んだよ」

「仕方ないな、巨大な神の偉大な力を貸してやる」

騎士達が人々を下がらせて広場の真ん中を空けた。

制御リングを外したキルテナがそこに立つ。

キラッ！　と少女の体が煌《きらめ》き、たちまち体長四十メートルの竜に。

周囲に緊張が走るも、ドラゴンは大人しくその場に伏せた。

早くしろ、と言わんばかりにキルテナが、グルルと喉を鳴らす。

騎士達は恐る恐るその背中に物資を積んでいった。

ちなみに、このままキルテナが人型に戻ると、荷物は竜体と一緒に次元の裏ポケットに収納される。

次元の裏ポケット……、よく分からないけどそういう空間の穴があって、使ってない方の体を保管できるみたい。

身につけた物も一緒に保管されるので、今回のような輸送にはすごく便利だ。

巨大な神だと収納できる量も増えるから本当に偉大だよ。

ポケットの説明はしたけど、今日はこのままキルテナに乗せてもらって現地まで飛んでいく。

ドラゴンに乗るのは初めてだ。あまり揺れなきゃいいな。

と見つめていて、ふと気付いたことが。

私のマナ量、もうキルテナ竜体を超えてる。

うーん、少し前まで十二歳でドラゴンを超えるなんて想像もしていなかったよ。……あと、王様に導師様と呼ばれることも。

そのアルゼオン王が私の所までやって来ていた。

「トレミナ導師様、こちらが親書に、なり、ます……」

喋りにくそう、解放してあげられるのは私しかいない。

「王様、私に敬語は使わなくていいですよ」

「そ、そうか、すまないな。じゃあトレミナさんと呼ばせてもらう。トレミナさん、これが親書だ。君達が二大勢力の野良神を討伐し次第、五十の部隊を派遣する。必ず無事に帰ってきてくれ」

「はい、分かりました」

「実は、南方の空白地帯は俺の出身地でもあるんだ。この日が来るのをずっと心待ちにしていた。俺だけじゃなく、キオゴード様の悲願でもある。どうか、よろしく頼む」

そうか、この作戦には色んな人の想いが籠《こも》ってるんだ。本当に頑張らないと。

ちょうど荷の積みこみも終わったみたい。

セファリスは、いるね。ロサルカさんは、と……。

「ここに控えていますよ、トレミナ代表」

背後から闇のお姉さんの声が。

気配を消して背後を取らないでください。ぞくぞくします。

「私が代表ですか？」

「もちろんです。ランキングが一番上なのですから」

……向こうの人達、不安にならないかな。

まあとりあえず行こう。

キルテナに飛び乗ろうとした矢先、肩に手が置かれた。

おっと危ない。何ですか、リズテレス姫。

「誕生日プレゼントは戻ってから渡すわね。楽しみにしていて」

……なぜか、帰ってくるのがちょっと憂鬱《ゆううつ》なのですが。

第六章

母の過去

Jagaimo nouka no muramusume,
Kenshin to utawarerumade.

〜イルミナの視点〜


統一暦八六七年八月上旬。

村の銀行からの帰り道、通帳を見ながら思わずため息が。

また送金の額が増えてる……。

今月はとうとう一千万ノア超えてるじゃない。

近頃、娘のトレミナが毎月毎月多額の現金を振りこんでくる。

あの子は物欲がない。使い道が思い浮かばないから私達に使ってもらおうってことなんだろうけど
……。

親としては非常に複雑な心境だ。

なんせうちの娘は今月でやっと十二歳になるところ。

どうしてあんな子に育ってしまったのか。

いえ、原因なら分かっている。そろそろ話しておくべきかもしれない。

トレイミー家のことを。そう、私には娘に隠している秘密がある。

話は十余年前に遡るわ。

――――。

「イルミナ様、あなたとの婚約を解消したい」

冷たい眼差《まなざ》しが私を捉える。

言い放ったのは婚約者のクロイス様。彼はそれ以上喋らず、返答を急かすような空気を醸し出してくる。

結果、私はこう言うしかなかった。

「……承知、しました」

聞き終えるや、クロイス様はさっと席を立った。

金色の髪をかき分け、一言。

「では、これで失礼します」

もう私を見ようともしない。

本当に、冷徹の貴公子と呼ばれる通りの人だ。会う度にそう思ってきた。それも今日で最後だろうけど。

整った顔を持つ彼は、しばしば女の子達に騒がれている。

そして私は、全くつり合ってない、としばしば陰口を叩かれた。

騒いでいるあの子達に言ってやりたい。あなた達は実際に冷徹に扱われたことがないから、キャーキャー言ってられるのよ、と。

などと考えているうちにクロイス様は部屋から出ていってしまった。

……二年以上続いた婚約を、必要最小限の言葉で終わらせた。

まったくなんて人だ……。

ため息と共に私も席を立った。

改めて自己紹介させてもらうね。

私はイルミナ・トレイミー、十七歳。カテリッド王国の名門トレイミー家の末裔《まつえい》だ。名門とは名ばかりで、今や没落に没落を重ねた超没落貴族だよ。

伝え聞くところによれば、ご先祖様は立派だったらしい。

並外れた精神力を備え、心の中に独自の精神領域を作ることができたんだとか。そこに魔法を取りこんで改造したり、あるいはゼロから構築したり、と色々すごかったみたい。あと、精神でつながることで人間以外のものとも会話できたって、……本当かな。

とにかく、その力で王国に多大な貢献をした我が家は名門貴族となった。

だけど、それも昔の話。

代を追うごとに特別な力は弱まり、百年ほど前からはもう完全に普通の人だ。

しきたりで私も魔法を習得すべく、子供の頃から修練を積まされたけど、はっきり言って全く才能がない。

魔法の元になるマナ。それを錬るには集中力が必要で、私は徹底的に苦手だった。習得できたのはろうそくよりちょっと大きな火を灯《とも》す魔法だけ。たいまつには負ける。

没落貴族、ここに極まれり。もう私の代で滅ぶ勢いだ。

たった今、最後の希望も断たれてしまった。

クロイス様の屋敷を出ると、一人の男性が心配そうに駆け寄ってきた。

私は彼に苦笑いを返す。

「婚約破棄されてしまったわ。ごめんね、トレンソ……」

「お嬢様のせいではありません。謝らないでください」

トレンソは私と同い年の十七歳で、一緒に育った幼なじみでもある。

彼は代々我が家に仕えてくれている家系の末裔。

特にその先代、トレンソのお父さんには本当にお世話になった。

早くに両親を亡くした私を育ててくれた上、あらゆるツテを頼って今回の婚約話をまとめ上げた。

全てを成し遂げた彼は力尽きるように病気で倒れ、ついに去年、この世を去ることに。最後までトレイミー家の再興を信じていた。

クロイス様の家は多くの魔法使いを輩出する、王国で今最も勢いのある一族だ。もし私が結婚して複数の子供を産めば、トレイミー家の復活もなる。

はずだったのに、この有り様……。

自分の情けなさに打ちひしがれていると、目の前に一台の馬車が。

降りてきたのは花のように愛らしい令嬢だった。

「セファシア……」

「あ、イルミナ……」

彼女も私の幼なじみで、実力派貴族の令嬢セファシアだ。

小さい頃はよく一緒に遊んだのに、いつからか距離ができるようになった。一度セファシアが手紙を握らせて、知らせてくれたことがある。

家から、私とは付き合わないように言われていると。それでも自分はずっと友人だと思っていると。

めちゃいい子でしょ？　私が男なら結婚したいくらいだよ。

すれ違い際、セファシアは私に何か声をかけようと。

しかし、使用人に追いたてられるように屋敷の中へ。

「イルミナ！　ごめんね……！」

彼女の声を遮るが如く、扉がバタンと閉まった。

どうしてセファシアがクロイス様の屋敷に来たのか。

そんなの決まっている。新たな婚約者となるためだ。背景にはこのカテリッド王国の昨今の情勢が絡んでいる。

近々、北の隣国と戦争になるともっぱらの噂。

各貴族は少しでも力がほしいところ。古びた看板だけの没落貴族より実力派、ってことだね。

「だからって破棄したその日に婚約するかね！　ほんと信じられない！　セファシア可哀想すぎ！

私も可哀想だけど！　古びた看板だけで悪かったな！　これ言ったの私か！」

私は馬車の御者台で憤慨していた。

今は婚約破棄された帰り道。

隣ではトレンソが馬の手綱を握っている。彼はため息混じりに。

「馬車から落ちますよ、お嬢様。これ以上落ちるのは嫌でしょ」

「これ以上って何！　私！　婚約破棄されたてなんだから労わってよ！」

「俺は正直、少しほっとしています。親父には悪いけど……」

「何？　ごめん、ジョスニムの啼き声でよく聞こえなかったわ」

「……このバカ馬、タイミング良く、いや、タイミング悪く啼きやがって」

「ジョスニムの悪口はやめて。当家の数少ない財産の一頭なのよ」

本当はちゃんと聞こえていた。

トレンソの気持ちには気付いてる。

茶髪で黒目、顔もスタイルも平凡。村娘と言われた方がまだしっくりくる容姿の私に好意を抱いてくれていると。

いつもこうやってはぐらかしてきたけど、もういいのかもしれない。

婚約破棄された今なら。

トレンソは日によく焼けたガッシリした体格。

まさに私の大好物……、いえ、好みなのよ。

「トレンソ、あのね」

「あ、お嬢様、帰りも回り道しますよ」

……あなた、馬並みにタイミング悪いよ。

「……そうね、野良神の目撃情報があった所は避けましょ」

この世界には神と呼ばれる獣がいる。

普通の獣より遥かに大きく、賢く、恐ろしく強い。

上位の神獣は人間と結びつき、国家に守護神獣として所属していたりする。彼らは戦争の勝敗を左右する戦略兵器で、カテリッド王国にも何頭かいたはず。

下位の神獣は野良神としてそこら中に溢れ返っているよ。下位といっても、なかなか人間の敵う相手じゃないし、遭遇すればただじゃ済まない。

野良神の中にも上位個体が紛れていたりして、この世界は本当に危険だ。

そういえば最近、国内で兎の野良神の一団が目撃されていたっけ。兎と言ってもそんなに可愛いものじゃないよ。

ボスは体長三十メートルくらいあったそうだから……。

とにかく触らぬ神に何とやら。

私達は大きく回り道して帰った。


それから日を追うごとに、情勢は怪しくなっていった。

いよいよ戦争が始まるみたいだ。

私はトレンソと二人、財産をまとめて国外に逃げる決意を固めた。

と言っても、我が家の財産なんてたかが知れてる。

私の社交用ドレス二着。ジョスニムと外見だけ取り繕った馬車。あとは、切り売りした末に残った僅かな土地と、修繕が全く行き届かない屋敷ぐらいのもの。

トレイミー家、超没落って言っただけあってほんとにお金ないんだよ。

料理人やメイドを雇う余裕なんて当然なく、今回の婚約話に賭けてトレンソとどうにか凌いできた形だ。

もうこの国に未練なんてないけど、換金できるものはしないと。

ドレスは何とか売ることができた。

ジョスニムと馬車は脱出に必要。

問題は土地と屋敷だった。

情勢が情勢だけに、一向に買い手がつかない。

「諦《あきら》めましょう、お嬢様。もう本当に逃げないとまずいですって」

「ダメよ！　ご先祖様が守ってきた土地と家だもの！　きちんとお金に換えないと申し訳が立たないわ！」

「お金に換えること自体、申し訳が立たないと思いますが……」

「とにかく絶対売るの！」

「はいはい……」

なんて意固地にならなきゃよかった。

……とうとう開戦してしまった。

しかも、状況は予想していたよりずっと悪い。

北の隣国との戦争が始まるや、東の隣国が攻めこんできた。どうやら最初から裏で手を組んでいたみたい。

私達のカテリッド王国は、大陸の南西の端にあった。

もう国中が大変な騒ぎだ。

それも当然。今や滅亡の危機に瀕しているのは当家だけじゃなく、国そのものなんだから。

ふふん、少しは我が家の気持ちが分かったか。

こんな余裕をかましている暇は、私にもなかった。本当になかった。

「ど！　ど！　どうしよう！　し！　死にたくないっ！」

「お嬢様落ち着いて！　まずは逃げましょう！」

鞄《かばん》にお金と詰めこめるだけの物を詰めこみ、私とトレンソはジョスニムに跨った。

外見だけの馬車はおいていくしかない。

こんなことならあれも換金しておくんだった。

馬上で筋肉質なトレンソの背中にしっかり密着。

馬車はもったいなかったけど、これはこれで悪くない。

「お嬢様！」

「何っ！　やましいことは考えてないわよ！」

「やましいこと？　それよりとりあえず東に向かいます！　まだあちらの砦《とりで》は持ちこたえていると聞きましたから！　脱出できるかもしれません！」

「そう！　お願いね！」

二人草原を馬で駆けながら、私はセファシアのことを考えていた。

彼女は家の命令には逆らえない。私達みたいに逃げることもできず、クロイス様と一緒に戦場に行かされているんじゃないだろうか。

今の私は人を心配してる場合じゃないんだけど。

ん？　後ろから何か来る……？

ドドッ！　ドドッ！　ドドッ！　ドドッ！

馬より一回り大きな狼が数頭、私達を追いかけてきていた。

の！　野良神だ！

やっぱり人の心配してる場合じゃなかった！　すぐそこに死が！

「こんな時に【戦狼】か！　お嬢様！　しっかり掴まって！」

言われなくても。食べられる時は一緒よトレンソ！

ドドッ！　ドドッ！　ドドッ！　ドドッ！

ダメッ！　追いつかれる！

ん？　今度は前から何か……？

山のように大きな黒い毛玉……、あれは……、兎！　兎の神獣だ！

体長三十メートルを超える巨大兎が一直線にこちらへ。後方には体長五メートルほどの兎を十頭以上従えている。

間違いない！　う、噂の、う、兎の一団だわ……！

もうダメ……、私達、野良神の奪い合いの果てに無残に殺されるんだわ……。いや、殺されてから奪い合われるのかも。

と思っていると、巨大黒兎はピョンと私達の頭上を飛び越えた。

それから右の前脚を空中で横にスライドさせる。

すると、発生した炎の大波が追いかけてきていた狼達を吹き飛ばした。

今駆けてきたばかりの草原が一瞬で焦土に。

……【戦狼】とは格が違う。

この兎、守護神獣クラスの野良神だわ……。

呆然《ぼうぜん》としている間に、私達は五メートル級兎に取り囲まれていた。

ボスの黒兎が、ズンッ！　ズンッ！　と近付いてくる。

「お嬢様！　に！　逃げてくださいっ！」

馬を降りたトレンソが両手を広げて立ちはだかる。

気持ちは嬉しいけど、この状況でどうやって逃げろと。

あなただって踏み潰《つぶ》されて終わりよ？

それに、……食べられる時は一緒って決めたのよ！

私も馬から降り、トレンソのさらに前へ。

「火霊よ！　私の敵を撃ち抜け！　〈ファイアボール〉！」

差し出した手の先に、ろうそくより少し大きな火の玉が出現した。

「来ないで！　本当に撃ち抜かれたいの！」

撃ち抜くも何も、すでに私の火魔法は発動している。

飛ばない〈**ファイアボール**〉、それが私が唯一使える魔法だった。

脅しにもならないのは分かってる。

でも何もしないまま、ただ食べられるわけにはいかない！

体内のマナも全て引き出し、体に纏った。

精一杯の虚勢だ。

――この時、私と黒兎のマナが重なった気がした。

『やれやれ……、助けてやったというのに、これだから人間は……』

『え、助けてくれたの？』

何、今の？　心の中に直接流れこんできたよ。

と巨大兎と見つめ合う。

あちらも目を大きく開き、驚いているのが伝わってくる。

私は飛ばない〈**ファイアボール**〉を消し、そのまま手をゆっくりと伸ばした。真っ黒な毛にそっと触れる。

『……もしかして、私の声が聞こえますか？』

『ああ、どうやら心と心がつながって会話できるらしいね。お前のような人間がいるとは知らなかったよ』

『私も自分にこんなことができるなんて知りませんでした。あの、助けてくれたということは、私達を食べるつもりはないと……？』

『無論だ。食べるなら【戦狼】の方がよほど美味しい』

これを聞くや、私は振り返ってトレンソを見た。

「狼から助けてくれたんだって！　私達はまずいから食べないって！」

「どうしてそんなこと……。お嬢様、今いったい何をしてるんですか？」

問われても私にも分からないよ。

おそらくトレイミー家の血のおかげで精神がつながったんじゃないかな。と一頭と一人に言ったら、黒兎がうちのご先祖のことを知りたがったので教えてあげた。

お礼にと彼女（女性みたい）は自分のことを話してくれたよ。

【黒天星兎】という種類で、名前はルシェリスらしい。

『私達は兎族最古にして最強の種、【古玖理兎】の一門だ。共にいるのは皆、私が世界を巡るうちに集まった弟子になる』

よく分からなかったけど、武闘派の一団なんだって。

神獣の世界も奥深い。

とにかく五メートル級兎は【古玖理兎】で、大分前に【古玖理兎】だったルシェリスさんは進化して今は【黒天星兎】って上位神獣になったということだ、たぶん。

話をしているうちに私達は打ち解けた。

【古玖理兎】達も周辺で寝そべったり、毛づくろいし合ったり、すごく和やかな雰囲気。

するとトレンソが遠慮がちに。

「和やかにしていていいんですか?」

「え、何が?」

「俺達、戦争から逃げる途中ですよ」

「そうだったー!」

助けてもらったお礼を言って、急いで脱出しないと。

『ルシェリスさん、助けていただきありがとうございます。私達、この国から脱出する途中だったんです。あ、戦争が始まったって知ってますか?』

『ああ、たった今、東の戦線を見てきたところだ。お前達の一番大きな砦はすでに陥落していた。イルミナ、東に向かっていなかったか? あちらはまず無理だぞ』

『ええー……、陥落するの早すぎ……。どうしよう……』

『私達は北から出るつもりだ。……大気中のマナが告げている、向こうが手薄だと。イルミナ、共に来るか?』

大気中のマナ……?

武人は、いや、武神は言うことが違う。

私達二人だけより、格闘兎の護衛付き、だよね断然。

『ぜひお願いします!』

『では急ぐぞ。少し和やかにのんびりしすぎた』

ルシェリスさんが鳴いて合図すると、【古玖理兎】の一頭が後脚で立ち上がった。

そんな風に二足歩行できるの？

ちょ、ちょっと待ってー！

【古玖理兎】は私を抱えると、空高くポーンと放り投げた。

もふっ。

私は巨大黒兎の背中にふんわり着地。

なんてもふもふな毛……、あ、一か所、金色で星型の模様が。

そういえば名前に星が入ってたわね。なるほどなるほど、確かに黒い夜空に輝く星のようだわ。

などと感心していると、もふっとトレンソもやって来た。

「お、お嬢様、どうなってるんですか……？」

「私達を一緒に連れていってくれるって。そうだ、東の砦はもう落ちたそうよ。あなたの情報で危うく死ぬとこだったわ」

「すみません……」

「目指すのは北よ。……大気中のマナがそう告げている」

「大気中のマナ……？」

『少し速度を出す。私の毛にしっかり掴まっていろ』

『待ってください！　私達の馬もお願いします！　当家の大切な財産なんです！』

そんなお願いをした結果、ジョスニムは五メートル級兎の小脇に抱えられることに。硬直したまま動かないジョスニム。

ごめんね、ちょっとの間だけ我慢して。

駆け出したルシェリスさんのスピードは凄まじかった。

馬より遥かに速く、景色が次々後ろに流れていく。

気付けばもう北の国境が見える所まで。

あ、カテリッド王国軍が戦ってる。

めちゃやられてるじゃない……。

あそこに倒れてる角の生えたでかい虎、うちの守護神獣でしょ……？

……これ、突破されるの時間の問題ね。

敵の守護神獣は牛族か。小さい奴でも体長七メートルはある。あんなのに轢かれたら即死よ。

おや？　牛達が集まって……、こっちに突進してくる！

『私達に気付いたか。心配するな、あの程度なら弟子達で充分だ。総員！　各種〈錬弾〉用意！』

ルシェリスさんの一鳴きで【古玖理兎】達は一斉に立ち上がった。

手（前脚）の中に火やら水の球体を作る。

『撃て――――っ！』

押し出すように〈錬弾〉を発射。

ゴゴゴゴゴゴ…………ッ。

様々な属性が混ざり合った爆発で、牛神の群れは崩壊した。

格闘兎部隊、強っ……！

出国お誘いしてもらってよかったー！

『よし今だ。一気に抜けるぞ』

敵味方入り乱れる戦場に突入。

先ほどの大爆発を見ているだけに、誰も私達に手出しできない。

まあ、サイズ的にもなかなか人間の敵う相手じゃないしね……。

カテリッド王国の皆さん、ごめんなさい。

どう見ても敗戦濃厚なので私は逃げます。そもそも、飛ばない〈ファイアボール〉しか撃てない私は何の役にも立ちませんし。

と戦場を見渡していると、知った顔が。

セファシア……！

あんなに泥だらけになって！

鎧姿のセファシアが懸命に戦っていた。

『ルシェリスさん！　助けたい子がいるの！　ちょっとだけお願いっ！』

『むぅ、仕方ないな……』

彼女はくるりと方向転換。

この人（神）、やっぱりすごくいい人（神）だ。

目の前に停止した巨大兎を、セファシアは呆然と見上げる。

もふもふの毛から私が顔を出すと、驚きの表情に変わった。

「イルミナ！　どうしてそんな所に！」

「話は後！　セファシアも乗って！　この神獣は大丈夫だから！」

すると隣にいた金髪の男性が彼女を突き飛ばした。

「イルミナ様！　どうか私もお連れください！」

いたんですか、クロイス様。

ていうか何セファシアを突き飛ばしてんのよ！

「……あなたは、お誘いしていません」

「そう仰《おつしや》らずに！　お願いします！」

いつものクールさはどうしたんですか？

ま、圧倒的劣勢のこの戦場から出るだけでも命懸けでしょうから、気持ちは分かりますけど。冷徹の貴公子が形無しですね。いえ、我先に助かろうと婚約者を突き飛ばしていたので冷徹には違いないです。

それにしても、クロイス様の鎧、ずいぶんと綺麗じゃないですか？

セファシアは泥だらけですよ。

彼女だけ戦わせて逃げ回ってたのバレバレだから！

セファシアといい私といい！　あんた婚約者を何だと思ってるの！

私が憤慨している間に、【古玖理兎】の一頭がセファシアを放り投げてくれた。

もふっと隣に着地。

「なんてもふもふの毛なの……。イルミナ、どうして私を助けて……？」

「私もずっとセファシアを友達だと思ってきたからだよ」

「イルミナ……」

「このまま国外まで逃げるよ。……家族のことなんだけど」

「それは、……もういいの。一緒に行かせて」

さすがに彼女も踏ん切りがついたようだ。

こんな大変な戦場へ、あんな男と送りこむ家だもんね。

その私達二人の元婚約者はといえば、

「どうか私も！　すぐそこまでで構いませんから！」

まだ食い下がってきていた。すぐそこまでって……。

とルシェリスさんが深いため息をついたのが伝わってきた。

それからクロイス様をギョロリと睨みつける。

うわあ、すごい殺気だ。

腰が砕けた彼はその場にへたりこんでしまった。

『言葉は分からないが、あの男は私が嫌いな人間の最たるものな気がする』

正解かもしれません。

最後にセファシアが彼に視線を向けた。

「クロイス様、あなたとの婚約を破棄させていただきます。お一人ではご苦労なさるでしょうが、どうか生き延びてください」

あ、まだ婚約破棄してなかったのか。

よし、二年以上も婚約者だった私からも一言差し上げよう。

「今日は本当のあなたが見られてよかったです。さようなら、冷徹の貴公子様。…………、ざまぁみろ！」

こうして私達は綺麗さっぱり心おきなく国を後にした。

北の隣国の、田舎町近くでルシェリスさんは降ろしてくれた。

『イルミナ、お前は到底良い人間とは言えないが、面白い人間ではあった。おかげで少しばかり人間に興味が湧いてきたよ。達者でな』

そう言い残し、彼女は一門を率いて去っていった。

私の方こそ、こんな変わった神獣もいるのかと思ったよ。

ありがとう、ルシェリスさん。

私達の大恩人（神）。

翌日になって、カテリッド王国滅亡の知らせを聞いた。

たぶんクロイス様も逃げ延びただろう。ああいう人はとことんしぶといのが世の常だ。

ちょっとだけこの後の話をしようかな。

私とトレンソ、セファシアは、ジョスニムに乗って北上を続けた。

それぞれ縛られていたものから解放されて、初めて自由な空気を吸った気がする。なかなか抜けない人もいたけどね。

「私のことはイルミナと呼んでって言ってるでしょ、トレンソ」

「ですから、急にそう言われましても……、俺の使命はトレイミー家を存続させることですし」

「じゃあなた、トレンソ・トレイミーになるわよ。トレトレよ。いいの？」

「いいじゃないですか、新鮮そうで……。

ん？　お嬢様！　それってつまり！」

「そうね、トレトレって響きが可愛いし、いいかも」

話を聞いていたセファシアが大きめのため息。

「いいわねイルミナは、もうお相手がいて。私の前にもいつか現れるのかな……」

彼女のそんな心配は杞憂《きゆう》に終わる。案外すぐに。

大陸北の小国に入った私達は、治安の良さからここに定住を決意。北東の小さな村でジャガイモを作って暮らすことにした。

セファシアは早々に村の男性と恋に落ち、私とトレンソより一年も早く女の子を授かる。やがて私も女の子を産み、セファシアの子と姉妹のように育てることになった。

当時の私達は知る由もなかった。この子達に秘められた才能を。

――――。

統一暦八六七年八月上旬。

引き続き、村の銀行からの帰り道。通帳を見ながらもう一度ため息が。

……これだけのお金、十数年前の私なら狂喜乱舞したわね、きっと。

田舎道を歩いて自宅まで戻ってくると、お隣の軒先に馴染《なじ》みの顔が。

「イルミナ、うかない表情ね。普通は喜ぶところでしょ。昔はお金が大好きだったじゃないの、あなた」

彼女はセファシア。花のように愛らしい容姿の持ち主で、三十歳を超えた今でも十代で通りそうな私の幼なじみだ。

夕涼み中の彼女の横に私も座った。

「お金が大好きだったんじゃなくて、お金がなかっただけよ。トレミナに一族のことを話すべきか悩んでいてね」

「話せばいいじゃない。悩む必要なんてないわ。あの子なら、そうなんだ、で終わりよ」

「それは分かってるわ。問題は、当家が超没落貴族だった、ってことよ」

「ああ、そっちね……」

「そっちなのよ……。恥ずかしくてとても言えない……」

一つ話すと、連鎖的に言いたくないことがどんどん出てくる。

トレンソが元使用人で、私はその体を狙っていたこととか。

私は滅亡する祖国を見捨て、全力で逃げたこととか。

ああ……、私の過去は恥の貯蔵庫。

だけど、話さないわけにはいかない。

トレミナの才能は間違いなくトレイミー家由来のものだから。

頭を抱えていると、セファシアが家から冷たいお茶を持ってきてくれた。

「ありがと。………、はぁ、生き返るー」

「トレミナちゃんのおかげで今年の夏は、全村民が冷たいお茶を飲めているわ」

あの子が村中に配った冷却箱は、夏が近付くにつれて誰もがそのありがたみを実感することになった。

セファシアもお茶を一口飲み、「いい子じゃない」と。

「それに才能が凄まじいわ。全強化技能を作るなんて。今や導師でしょ」

「おたくのセファリスだって。あの歳でナンバーズなんてすごいわよ」

しばらく二人で顔を見合わせる。

「どうして私からあんな子が生まれたのか……。この前、帰ってきた時に言われたのよ。お母さんも少しだけどマナが使えるのね、って。私の若かりし頃の修行は何だったの？　て感じよ」

あら、今度はセファシアが頭を抱えてしまった。

気持ちは分かるけどね。

私達の祖国では、彼女の家は実力派で通っていた。実際、セファシアも幼少から訓練を重ねてきたし、その辺の魔女に劣らない力を備えてる。

おかしいのはこの国の騎士達よ。

世間一般で言うところの達人がごろごろいる。

ナンバーズになるともう化け物だわ。そもそもになるけど、人間が守護神獣と戦うこと自体、常識から外れてる。

いずれ本当にこの国から誕生するかもしれないわね。

最高位の神獣を倒せる人間、剣神が。

まあ、私みたいなマナ使いには関係の……。

そ、そうだった！

トレミナに知られたくない私の秘密、第一位はあれだ！

「大分暗くなってきたわね。イルミナ、あれ使ってよ」

「あ、うん、いいわよ」

リクエストに応えて私は手をスッと前に。

「火霊よ、私の敵を撃ち抜け。〈**ファイアボール**〉」

ポッ。

目の前にはろうそくより少し大きい火の玉が浮かんでいた。

これが、私が唯一使える魔法、飛ばない〈**ファイアボール**〉（極小）。

トレミナには絶対に知られたくない！

それならまだマナを使えない普通の人間って思われてた方がマシ！

するとセファシアが。

「いいわよね、イルミナは。マナが微小すぎて普通の人間とほとんど見分けつかないんだもの」

ええ、それが不幸中の幸いだわ。

セファシアの自宅前での夕涼み。

こうやって二人でお喋りするのは、この村で暮らし始めてからの日課になっている。私達は幼なじみだけど、十代の結構長い期間、全く会えない日々が続いた。その時間を取り戻そうとこうしているのかもしれない。

移住から十年以上経った今でも、ちっとも飽きることはないよ。

ねえ、セファシア。

「さすがに毎日こうやってるのも飽きてきたわね」

……ああ、そう。

おや？　誰か慌てた様子で走ってくる。

村長のハルテトさんだわ。お元気ですね。

「トレミナちゃんから匿名で小包が届いたのじゃ！」

「トレミナから、匿名で……？　中身は何なんですか？」

「札束じゃ。一千万ノアあるぞい」

「え！　ちょっとすみません！」

小包を受け取って中を確認。添えられた手紙と伝票に目をやった。


『私はノサコット村に縁のある者です。

名乗るほどの者ではありません。

このお金を村のために使ってください。

受取人　ノサコット村村長ハルテトさん
差出人　トレミナ・トレイミー』

名乗るほどの者じゃないって、しっかり差出人欄に名前書いてるじゃない……。おっとりしすぎでしょ……。


村に一千万送りつけるなんて、あの子はいったい何を考えて、いえ、考えてることは分かるわ。

トレミナにとっては、もう村全体が家族のようなもの。

昔からあちこちで可愛がられてきたからね。だから春には全世帯分のおみやげを用意したわけだし。

村のために支出することは、きっと娘には当たり前のことなんだわ。

「そのお金、遠慮なく使ってください、ハルテトさん」

「いいのかの？」

「はい、たぶん来月も届きますから」

「イルミナさんがそう言うなら。共用物の修繕と、来週の夏祭に使わせてもらうわい。ふむ、どうせなら名前をトレミナちゃん祭に変えようかのう」

村長さんは小包を大事そうに抱えながら帰っていった。

見送りつつセファシアはため息。

「トレミナちゃんは本当にいい子ね。セファリスなんて私達にだって一ノアも送ってこないわよ。結構もらってるはずなのに……。でもトレミナちゃん、一千万も村に使って大丈夫かしら。イルミナのところにも相当な額を振りこんでるんでしょ？」

「ええ、うちにも一千万ちょっとね。きちんと言ってはあるのよ。お給料の半分は絶対に貯金しなさい、って。あの子も守ると言っていたわ」

「じゃあトレミナちゃんは今月……」

「四千万以上もらってるわね。まったく、もっと手紙で近況を知らせなさいってのよ」

セファシアは夕焼けの空を見上げた。

おそらく娘の年収を計算しているんだろう。まあ十二をかけるだけなのですぐ済む。それから思い出したように振り返った。

「手紙といえば、私、南方行きの件でセファリスに手紙出したわ」

「私もトレミナに書いたわ。ルシェリスさん達だったら大変だもの」

私達には大恩人（神）とも言える神獣がいる。

祖国を脱出する際、お世話になった巨大兎の一団があって、そのリーダーがルシェリスさんだった。

噂では、南方の空白地帯には、二つの大きな野良神の群れが存在するらしい。うち片方が格闘兎【古玖理兎】の集まりみたい。

もしかしたらルシェリスさん達かもしれない。

私はその可能性が高いと思ってる。兎の群れは人間を襲うことがなく、逆に助けたって話もあるようだから。

「トレミナ達とルシェリスさん達が戦うなんてあっちゃいけないわ」

「トレミナが何だって？」

声に目を向けると、トレンソが農作業から帰ってきていた。

あら？　あなたもうかない表情ね。どうしたのよ。

「クワの刃が欠けちまってな。直すのは無理かもしれん」

「何百本でも買えるわよ、クワ。はい、娘から今月分の仕送りがあったわ」

通帳を渡すと夫も頭を抱えてしまった。そうなるわよね。

それにしてもトレンソ、夏の日差しをたっぷり浴びていい具合に焼けてるじゃない。やっぱり農家を選んで正解だった。

だってあなた、昔より一層たくましくなったもの。三十歳を超えてからちょっと渋さも加わって、まさに私の大好物……、いえ、好みだわ。

ジャガイモ農家の村娘、剣神と謳われるまで。

Jagaimo nouka
no muramusume,
Kenshin to
utawarerumade.

第七章

主力の討伐部隊

Jagaimo nouka no muramusume,
Kenshin to utawarerumade.

私とセファリス、ロサルカさんはキルテナに乗って王都を飛び立った。

雲を切り裂き、大空を悠然と泳ぐ。

これならすぐに目的地に着きそう。向こうでの段取りはもう決めてある。

気になるのはこれなんだよね。

ポケットから一通の手紙を取り出した。数日前にお母さんから届いたものだ。

それを見たセファリスが竜の上をテテテと走ってくる。

落っこちないように注意してよ、お姉ちゃん。

「私にもお母さんから来たわよ。なんとお姉ちゃん、高貴なる貴族の血が流れてるんだって」

うん、滅亡した王国の、貴族の血がね。

聞いていたロサルカさんが不敵な笑みを。

「貴族なんてそれほど有難がるものでもありませんよ。くだらない人間も沢山いますし。そういった制度がなく、実力社会のコーネルキアを私はとても気に入っています」

「ロサルカさんも貴族の出なんですか？」

「あら、私がどうやって闇属性を獲得したか、ご興味が？」

「……やっぱり答えなくていいです」

人の闇に触れるのは遠慮しておこう。

どうも私の家も貴族だったみたいなんだけど、手紙ではその辺は言葉を濁してあった。確かに有難がるものでもないし、割とどうでもいいことではある。たぶんうちはすごく没落していて、恥ずかしくて私には言えない、とかでしょ。

リズテレス姫が言っていた。総じて母親とは娘に対して気位が高いものである、と。総じてではないと思うけど、我が家には当てはまりそう。

それより気になるのは、ルシェリスさんという兎の神獣だ。

「私の方にも書かれていたわ。なんとセファリスのリスは、その神獣の名前からもらったものなんだって」

「命の大恩人（神）らしいからね」

実は姫様からも事前に聞いていた。

二つの群れのうち、兎の方は戦闘を回避できるかもしれない、と。私達の判断に任せるとのことだ。

戦わないで済むならそれに越したことはない。

お母さん達の大恩人（神）だとしたらなおさらね。

ただ、分からないのは、お母さんがどうやって神獣と話をしたのかだよ。相手は人型でもなかったようだし。

手紙だとそこも曖昧《あいまい》だった。

……お母さん、自分の言いたくないことは徹底的に避けてる。

マナで互いの思考を読み合えても、会話するようにはいかない。

そもそも、お母さんのマナはすごく微小だしね。あれじゃ〈**ファイアボール**〉もちゃんと撃てるか怪しいもんだよ。

とにかく、神獣と話なんてできるわけない。
手紙をしまい、雲の海原に目をやった。
私、こんなに高い所を飛んだの初めてだ。
あれ？　空を飛ぶの自体が初めてだっけ？
『相変わらずおっとりだな、トレミナは。その気になればもっと高く飛べるぞ』
『この高度で充分だよ。これ以上は纏うマナを増やさなきゃいけないし』
『ん？』
『ん？』
『…………』
『…………』
『わあ！　どうして会話できてるんだよ！　何だこれ！』
『何だろうね、心に直接流れこんでくる』
まるで私とキルテナの精神がつながったみたい。
『セファリスや暗黒姉ちゃんとは……、無理だな。トレミナ限定らしい』
そうだと思う。
これ、私の精神領域を拡張してるんだ。私の心から手を伸ばしてる感じ。
こんなやり方があったとは知らなかった。
お母さん、私にもできたよ。

この力ってトレイミー家の血筋によるものでしょ？

いくら私がおっとりしていても、それくらいは分かるよ。まったくもう。

『精神通話って、トレイミー家の才能の中でも割と初歩の能力なんだよ。

技能を調整する技の方が遥かに高度らしくて、私は知らずに、先にそっちをやっちゃってた感じだね。考えてみればそうだよね。技能と喋ってるし。

そうだ、私が何度も接触したせいで技能達も大変なことになっていくんだけど、これはこれでよかったかなって。私の精神世界、すごく賑やかになったから。毎日とても楽しいよ。

あ、（私の中の）皆もそう思う？

剣神（兼ジャガイモ農家）

トレミナ・トレイミーの回顧録』

南方の空白地帯では一番大きな町、セドルド。交通や物流の要衝であると同時に、一帯の町村のまとめ役でもある。

独自に自警団も組織しているけど、町や輸送品を守るだけで精一杯のようだ。

コーネルキアからセドルドへは、これまで何度も部隊が派遣されている。その度に騎士達が周辺の野良神を討伐してきたおかげで、町はどうにか今も機能を維持できてるみたい。

セドルドから少し離れた場所で、キルテナは竜から人型に。いきなりドラゴンで行っちゃうと怖がらせることになるからね。

まだ町まで二キロくらいあるけど、走ればすぐだ。

先頭を駆けていた私。ふと足を止める。

どうやら監視がついたらしい。

距離を取って体長八メートルほどの熊が私達を見つめていた。

南方域二大勢力の一つは兎の神獣達。そして、もう片方は熊神の一団だ。

あの熊の野良神はきっと団の偵察係だね。

もしかしたらセドルドの周囲には、あんな斥候が多数配置されているのかも。いい物が運搬されてたらいただいちゃおうと。

「小さい熊ね。お姉ちゃんに任せて!」

「いいや、私がやる! あの小さい熊に格の違いを見せてやろう!」

セファリスとキルテナが我先に駆け出そうと、お互いを引っ張り合う。

一応もう一度言っておくと、熊神の体長は八メートル。普通の熊に比べれば相当大きい。

セファリスは巨大な敵と戦いすぎて感覚が麻痺してるし、キルテナは本体が体長四十メートルなので、小さく見えるのも仕方ない。

足の引っ張り合いをする二人の前に、ロサルカさんがスーッと歩み出た。

熊に向けて強めのマナを放つ。

弾かれたように斥候の野良神は逃げていった。

「ロサルカさん、そんなことしちゃうと……」

「よろしいではありませんか。早く片付きますよ」

これがどんな事態を招くのか、少し先の未来が見えるみたいだった。

とりあえず町に入り、自治組織に顔を出すことに。

私達四人を見るや、自治会長さんは凍りついた。

「あ、あの……、今日はいよいよ、主力の討伐部隊が来てくれると、聞いていたのですが……」

「はい、私達がそうです。こちらはアルゼオン王からの親書です、どうぞ」

自治会長のケイアンさんは、痩《や》せ気味の中年男性。

やっぱり食糧が足りてないのかな。いっぱい持ってきてよかった。

だけど案の定、このメンバーでは不安にさせてしまったらしい。

マナを使えない普通の人達には、上品なお姉さんとただの子供三人にしか見えない。主力の討伐部隊より、学校の先生と生徒って言われた方が納得いくに違いなかった。

うーん、どうやったら分かってもらえるかな。

さっきのロサルカさんみたいにマナで威嚇する手もあるんだけど、それはやりすぎな気もするし。

と思っていると、ケイアンさんが隣のお婆さんに。

「国王様も四人がそうだと仰っているんだが……、団長はどう思うかね？」

あ、このお婆さん、自警団の団長さんなんだ。

道理で結構マナを持っていると……、あれ？　大丈夫かな？

自警団団長は私達を見つめたまま、小刻みに震えていた。

「……化け物じゃ」

「え……？」

耳を疑うように聞き返す自治会長。

「わしごときではその実力は計れんが、少なくとも、いつも来てくれる騎士達より遥かに上じゃということは分かる……。全員、化け物じゃ……」

お婆さんはジリッジリッとケイアンさんに詰め寄る。

その迫力に圧されるように彼は後ずさった。

「コーネルキアは間違いなく主力を送ってくれた！　失礼を謝らんか！　このバカ者が！」

「ひい！　ご！　ごめんなさい！　ママ！」

「わしにじゃない！　そちらの方々に！　じゃ！」

「はいっ！　皆さん！　どうもすみませんでしたーっ！」

あ、会長さんと団長さん、親子だったんですね。

お気になさらず。

とその時、慌てた様子で男性が部屋に飛びこんできた。

「た！　大変です！　熊神の大群がこちらに……！」

これを聞いたロサルカさんがニヤーと笑った。

こちらこそ謝らないと。

それ、うちの暗黒お姉さんの仕業です。

セドルドの町は高さ五メートルほどの壁で囲まれている。結構厚みがあって、どうやら物見台も兼ねているらしい。

自警団団長のお婆さん、ケイトさんに続いて私達四人もそこに上った。

平原に展開した熊神部隊を確認する。

体長八メートル級が二十数頭に、その倍くらい大きな熊が一頭。ビッグサイズの熊神は頭部から太い角が生えているね。

「な、なんて数じゃ……。【猛源角熊】まで来ておるとは……」

野良神達を見渡しながらケイトさんが呟いた。

情報によれば、熊達は【猛源熊】という種類だとか。沢山いる八メートル級がそれで、角熊は進化形だ。

熊族の中では中位程度で、野良神は同じ種で群れを作るのが一般的みたい。

この【猛源熊】の一団はかなり大規模な群れ、のはずなんだけど……。

「たったあれだけ……。期待外れです……」

さっきまでいきいきしていたロサルカさんが途端にしょんぼり。

そう、事前の調べだと熊神は百頭近い群れのはずだよ。なんせこの空白地帯を牛耳る勢力の片割れだから。

ここで、遅れていた自治会長のケイアンさんも、息を切らして壁の上に。

お母さんより全然体力ないじゃないですか。

「な、なんて数だ……。【猛源角熊】まで来ているとは……」

それ、先にお母さんが言いましたよ。

でも、やっぱり親子なんですね。

「たったあれだけなら私一人でいけるわ！　皆はそこで見てなさい！」

セファリスが壁からピョンと跳んだ。

着地と同時に双剣を抜き、〈アタックゲイン〉と〈スピードゲイン〉を発動。

お姉ちゃん、まだ〈ガードゲイン〉は習得できてないんだよね。

マナの使い方には人それぞれ個性があり、それによって適性なるものも生まれる。お姉ちゃんのマナは、攻撃と素早さに大きく偏っているよ。

逆に言えば、防御が相当弱いけど、今回は大丈夫だろう。

地面を蹴ったセファリス。

高速で駆け、【猛源熊】の一頭に取りつく。

相手が反応を示した時には、もう火の魔剣でその胸を突いていた。

巨体がグラリと傾いた頃、彼女はすでに次の熊神へ。

吹き抜ける風のように、次々に熊達を斬っていく。

向こうはお姉ちゃんの動きに全くついてこれない。仮に攻撃をもらっても、このクラスの神獣ならお姉ちゃんの守りでも心配ないと思う。

「セファリスだけにやらせるか！　私も行くぞ！」

竜のオーラで空中に浮かび上がったキルテナ。

その体の周りを水が駆け巡る。水流はすぐに激流へ変化。

神獣は五種類の神技を持っていて、それぞれ異なる属性を割り当て、全属性を扱えるようにするのが王道なんだって。

キルテナの〈息〉は雷属性、〈爪〉は火属性。

そして、今使っているこれは〈**水の突進**〉だ。

「突撃だ――――っ！」

激流を纏ったキルテナは、熊達に向かって一直線に飛ぶ。

一頭に体当たり。勢いは止まらず、そのままもう一頭。

パッキィィン！

炸裂した水が瞬時に凍結し、二頭を氷漬けにした。

地面に降り立ったドラゴン少女に、さらに二頭の熊神が襲いかかる。

「ふん、格の違いが分からん愚か者共め」

と彼女はマナの尻尾で大地をビタン。

突如出現した巨大な石の杭が熊達を……。

あれは〈**地の尻尾**〉だね。

私も以前、同じような岩のトゲトゲを受けた気がするよ。

「……何だ、あの子達は。人間なのか……」

「だから言ったじゃろ、化け物じゃと。わしから見ても人間技ではないがの……」

そう話すケイアン、ケイト親子。

あ、一人は本当に人間じゃありません。

瞬く間に四頭仕留めたキルテナが、熊から熊へ跳び回るセファリスに目をやる。

「ふふ、範囲攻撃がないと大変だな。ふふふ、セファリスが使える攻撃技、〈**オーラスラッシュ**〉だけだもんな」

「お姉ちゃんをなめてんじゃないわよ！　見せてやるわ！　私が編み出した秘奥義〈**セファリススピン**〉を**！**」

セファリスは熊の頭から天高くジャンプ。

空中で横回転しながら、両の剣で〈**オーラスラッシュ**〉を放つ。

シュババババババババ――――ッ！

全方位に、間断なくマナの刃が飛んでいく。

バタバタ倒れる【**猛源熊**】達。

逃げ惑うキルテナ。

「いてててててっ！　ふざけんなー**！**」

お姉ちゃん、何その無差別攻撃。

よし、ここはあの二人に任せておこう。

とここで、やる気なさげに戦いを眺めていたロサルカさんの顔が輝いた。

何か思いついたらしい。

「あれは言わば、熊神達の先発隊です」

はい、そうなりますね。

「角熊はそのリーダー。でしたら、先発隊を率いる者同士で決着をつけるのがよろしいのではないですか、トレミナ代表」

そうきましたか。狙いは分かっていますよ。

「圧倒的な力を見せつけて倒し、一般熊に本隊を呼んできてもらう計画ですね。ですが、あまり私の柄じゃありません」

「ええ。しかし、力の差があるからといたぶるのも趣味ではないですよね」

確かに、全く趣味じゃありません。

しょうがない、やりますよ。

私は【猛源角熊】に向かって掌を合わせた。

この動作にケイトさんが。

「それは他の騎士もやっておったの。命への感謝じゃったか。じゃが、仕留めた後か、あるいはその直前にするものじゃなかったかね？」

「はい、今から仕留めます」

「こんなに距離があるが……」

私達のいるセドルドの壁から熊神軍まで、四、五百メートルほど離れている。

まあ、見ていてください。

私は纏うマナを〈闘〉に。

熊達の意識がこちらに集中するのが伝わってきた。

手の中にマナ玉を作る。

それを持つ手の側にもマナを準備し、両方を接合。

自警団の団長は大きく目を見開いていた。

えっと、どれに驚いてるんだろう？

私自身のマナ量？　それともボールのマナ量？　やっぱりボールと手のマナをくっつけたことかな？

「な、なんて〈闘〉じゃ……。ボールにも信じられんほどのマナが込められておる……。それに、なぜ独立したマナ同士がつながっておるんじゃ？」

あ、全部でしたか。

「〈**トレミナボール**〉さんの認識を欺いてるんですよ」

「言ってることが全然理解できん……。さすが別格の主力じゃ！」

するとロサルカさんが苦笑い。

「誰にも理解できませんから。ではトレミナ代表、お願いします」

了解しました。

と投擲のフォームを取った後に、注意事項に気付いた。

「投げる瞬間に衝撃波が出ますので気を付けてください」

注意喚起もしたし、これで大丈夫。

じゃ改めて。

〈**トレミナボールⅡ**〉発射。

シュパッ！　ドッシュ――――――――――ッ！

発生した波動に、ケイトさんは耐えたが、ケイアンさんは後ろに一メートルくらい飛ばされる。

母が息子を助け起こしたちょうどその時、
ズゥン……。

遠くで体長約十五メートルの角熊が大地に崩れた。

私の投げたマナ玉は銃弾より速く飛び、【猛源角熊】の心臓を正確に貫いた。

苦しませることはなかったと思う。

もう一度静かに手を合わせた。

「……これほどおそろしい球を持っておったとは。化け物達のリーダーなわけじゃ、トレミナ代表ちゃん」

ケイトさん、トレミナ代表ちゃんって……。私も今日で十二歳になったのでちゃん付けはご遠慮願

いたいです。

「トレミナ代表はまだまだどんぐりで通りますよ」

通りたくないです、ロサルカさん。

隊長が一瞬で絶命するのを目の当たりにした熊達は、くるりと回れ右。

四頭の【猛源熊】が大慌てで逃げていく。

そうだ、確認しておきたいことがあったんだ。

壁を下りた私は平原を突っ切り、熊神の一頭に追いついた。

その後脚をガシッと掴む。

熊、硬直。

まだ〈闘〉のままだから振り払うのは無理だよ。ちょっとだけ我慢してね。

……んー、……ダメか。

「何やってるのよ、トレミナ」

セファリスが不思議そうに首を傾げる。

「精神をつなげられないかと思って。相手が心を閉ざしていると無理みたい」

「その状況で心開けって方が無理だろ……」

〈竜闘武装〉を解いたキルテナも小走りでやって来ていた。

それもそうか。リズテレス姫の理事長室にあった木彫りの熊（向こうの世界の伝統的な置き物らしい）みたいに固まってるもんね。

「あれ？　じゃあキルテナは私に心を開いてくれているの？」

「バッ！　バカッ！　トレミナとはたまたま気が合うだけだよ！」

金髪のドラゴン少女は顔を赤くして行ってしまった。

彼女を見送りながらセファリスが笑みをこぼす。

「あいつ、自覚ないのかしらね。物資運んで、私達と一緒に戦って、やってることはもう完全にコーネルキアの守護神獣だってのに。ま、素直になれるまで待ってあげましょ」

おお、珍しくお姉ちゃんがお姉ちゃんらしいことを。

第八章

熊神戦争

Jagaimo nouka no muramusume,
Kenshin to utawarerumade.

私とロサルカさん、セファリス、キルテナ、の先発隊四人は熊神の拠点を目指して走っていた。

これに先立ち、セドルドの町で物資を下ろしてきた。

キルテナが体長四十メートルの竜に戻ると、町の皆は目を丸くしたよ。一番驚いていたのはケイアンさんかな。

「トレミナ様、皆様、私達を助けに来てくださり、誠にありがとうございます。どうかこれまでの無礼をお許しください」

ケイトさんが言うには、

「わしの息子は生粋の小物じゃ。ほうっておいて構わん」

とのこと。それから彼女は私達のことも心配してくれた。

「知っておるじゃろうが、熊神共のボスは本当に強い。くれぐれも気を付けてな。トレミナちゃん達が無事に戻ってこれるよう、町の皆で祈っておるよ。さっさと祈らんか！　このバカ息子！」

「はいっ！　ママ！　祈ります！」

何だか楽しい親子だ。二人も町の人達も絶対に守らなきゃいけない。

セドルドに被害が及ばないように、私達は迎撃に向かうことにした。

というわけで、現在四人で走っている。

拠点に着く前に、おそらく熊神軍とぶつかるはず。

まあ、それより先に……、あ、ちょうど来たね。

馬で駆けてくる騎士達が見えた。

先頭にいるのは閃光の騎士ナディックさんだ。

彼率いる第一部隊は、私達より数日早く現地入りしていた。熊神の群れを監視し、戦闘ではサポートするのが任務。

彼ら十人と、兎神の群れを監視してくれている第二部隊の十人、そして私達四人を合わせた二十四人が、今回の先発隊全メンバーということになる。

この遠征は国の肝入りなので、実力一位と二位の部隊がついてくれた。

馬から降りたナディックさんは、その男前の顔に笑みを浮かべる。

同じ男前でも、アルゼオン王のような雄々しさはなく、クランツ先輩のような爽やかさも一切ない。何と言えばいいか分からないけど、すごく薄っぺらい。

「やあ、トレミナちゃん。今日もどんぐりみたいで可愛いね。ちょっと困った状況になってるよ」

「相変わらず軽いですね。ヘラヘラせずに早く報告してください」

これを言ったのは私じゃなくロサルカさん。冷たい眼差しだ。

「ピリピリしないでよ、死神さん。君、結構俺のタイプなんだから。あと十年くらいすればだけど」

死神のお姉さんは無言でスーッと闇の鎌を出した。

仲良くしてください。

「それでナディックさん、困った状況とは？」

「熊神達の群れなんだけどね……」

この空白地帯には、熊と兎の二大勢力以外にも多くの群れが存在する。

また、【猛源熊】だけでもいくつもの独立した集団に分かれていた。それらが集結し、一つの巨大な群れになったという。

率いているのは二大勢力の片割れだった群れのボス、【水晶輝熊】だ。ケイトさんが本当に強いと言っただけあって、野良神としては抜きん出ている。甲熊から二次進化した上位種で、情報では並の守護神獣を遥かに凌ぐらしい。

それでも、私とロサルカさんの二人で当たれば何とかなる予定だったんだよ。残りの【猛源熊】とその進化形六頭（角熊は倒したので五頭）を、セファリスとキルテナ、第一部隊に受け持ってもらう計画でいた。

これが事前に決めた段取り。

熊達の大集結により、事情は変わった。

熊神軍に【災禍怨熊】なる上位種（毒熊二次進化形）が加わり、さらに【猛源熊】が約百五十頭、この進化形七頭が合流した。

「想定していた戦力の倍じゃない！」

報告を聞いてセファリスが真っ先に叫んだ。

そう、とても困った状況になった。

ナディックさん、どうしてこんなことに？

「熊達が集まり出したのは、俺の部隊が監視を始めた直後からだよ。第二からの連絡じゃ、兎達も殺気立ってるらしい。たぶんだけど、二大勢力の雌雄を決する時が来たんじゃないかな」

なるほど、私達はたまたま大決戦の直前に来てしまったと。

……なんて間の悪い。

察するに、数ある【猛源熊】の群れはずっと前に【水晶輝熊】の団から分かれたやつみたいだね。

大一番に備えて呼び戻したんだ。

「どうします？　トレミナ代表。ここまで事態が急変すれば、退《ひ》くのもやむなしかと思いますが」

ロサルカさんが私の顔を覗きこんできた。

確かに、敵が二倍になったんだから普通ならそうするべきだよ。

でも、ここで私達が逃げたら、きっと熊神軍はそのままセドルドの町に直行する。ひとたまりもないだろう。

ようやく安全な暮らしができると喜んでいた町の人達。

愉快で楽しいケイト親子。

さっき別れたばかりの皆の顔が頭に浮かんだ。

ここは……、退けない。

「戦おう。厳しいだろうけど、私が頑張るから」

そうは言っても、形勢は一気に不利になった。

反対されても仕方ないし、それを覚悟していた。

ところが、セファリス、キルテナ、ロサルカさんの顔は途端に生き生きと。

え、どうして？

「よっしゃ！　燃えるー！　やってやるわ！」

「熊共に竜族の優位を見せつけてやろう！」

「ふふ、やはりこの作戦に参加して正解でした。昂ります」

……好戦的なメンバーでよかった。

一方、ナディックさんはスーッと後ろに下がり、副隊長の女性の背後へ。

「俺達は遠慮しておこうかな……。ナンバーズみたいな怪物でもないし……」

あなたも元ナンバーズじゃないですか。

すると副隊長の彼女は、肩に置かれたナディックさんの手を払った。

「いつも言ってますよね、隊長。汚らわしいので触れないでください、と」

「……メルちゃん、ほんとに俺を隊長と思ってる？」

「こういう時のための私達です。トレミナさん、私の隊も協力しますよ」

「……今、私の隊って言ったよね？」

ナディックさん、女性陣皆からそんな風に扱われているんですか？

ランキング四十五位のメルーダさんはとてもきっちりした性格で、鎧の着こなしにもそれが現れている。順位上位者が必ず指揮能力に優れているはずもなく、この隊の指揮官は彼女らしい。

メルーダさんの他にも、第一部隊は全員が五百位以内。隊長クラスの実力者だけで構成されている。

もう皆、〈**トレミナゲイン**〉も習得しているよ。

リズテレス姫が言うところの、守護神獣級の部隊になるね。

あれ？　もしかして、そこまで不利じゃないかも……？

私の考えを読んだロサルカさんがまた、ふふ、と微笑んだ。

「元々、こちらの戦力には余裕を持たせてありましたからね。敵が追いついてきたというだけの話です。戦力で拮抗しているなら、断然こちらが有利ですよ。私がいるのですから」

そうでした。期待していますよ、暗黒お姉さん。

ちょうど到着したみたい。

遠くの森の上に、熊の頭が二つ見えた。

程なく、森の中から体長約八メートルの【猛源熊】が続々と。

その数、二百頭超。

さらに、体長約二十五メートルの大熊、十五メートル級の魔熊、角熊、甲熊、毒熊が合わせて十二頭出てきた。

最後に体長五十メートルを超える【水晶輝熊】と【災禍怨熊】が木々を薙ぎ倒しながら出現。

私達の前に、巨大熊の軍団がずらりと並んだ。

敵ながら、壮観、という他ない。

セドルドの町どころか、国をも滅ぼせるだろう。この規模の軍団が相手の戦闘は、もう戦争と言っていいと思う。熊神戦争だ。

それにしても上位神獣のあの二頭、情報通り、守護神獣に勝るとも劣らぬマナ量だね。

見つめていると、【災禍怨熊】の方がブオンと前脚を振った。

まだかなり距離があるのに早速攻撃を。

瘴気に満ちたマナが飛んでくる。ここはリボルバーの風霊弾で……、いや、お姉さんが何とかしてくれるみたい。

「闇霊よ、周囲を巡って守ってください。〈闇旋結界〉」

ロサルカさんの出した闇霊が、竜巻を作るように私達の周りを翔ける。

直後に瘴気の波が押し寄せた。

この結界魔法なら大丈夫だ。闇霊が毒属性ごとマナを吸収してくれてる。

……結界外の草花や木が一瞬で枯れていく。

これが上位神獣の毒。きっとマナを使えない普通の人も、この瘴気に触れたら同じ結果になる。前脚の一振りでセドルドは死の町に変わっちゃう。

あの【災禍怨熊】は、絶対にここで倒さないと。

「あら、トレミナ代表、闘志が漲っていますね」

ロサルカさん、茶化すのはやめてください。

「これは失礼。ですが、あの邪悪な熊さんは私向きですよ。ふふ、毒よりずっと恐ろしいもの、深く濃い闇を教えてあげましょう」

＊

「まずは展開するとしましょう」

ロサルカさんは両手を空に向けて掲げた。

「闇霊よ、私の世界に。〈**暗黒領域**〉」

彼女の手から黒い霧が吹き出す。

サアァァ――――……。

霧は空気に溶けるようにすぐに見えなくなった。

しばらくして熊神達がざわめき始める。

並んでいる端から端までくまなくだ。熊だけど。

どうやら行き渡ったみたい。

広域魔法〈**暗黒領域**〉について、事前にロサルカさんから聞いていた。

戦場中に広く薄く闇霊を撒布《さんぷ》する魔法で、敵は少しずつマナを奪われていく。

これがロサルカさんがいると有利と言った理由。

今は戦力が拮抗していても、時間の経過と共に相手の総力は確実に下がっていくよ。闇はかなり薄めてあって、奪うマナは本当にちょっとずつだ。大型の神獣には気にならない程度だけど、普通の【猛源熊】にとっては結構痛い。

もちろん領域内にいても私達はマナを吸われないよ。

でも……。

「ずっと全身で暗黒姉ちゃんのマナを感じてる……。うぅ、ぞくぞくする」

キルテナがブルッと体を震えさせた。

そうなんだよね。私達にとっても結構なダメージな気が。

ぞくぞくを吹き飛ばすように、セファリスが纏うマナを増やした。

「あの【水晶輝熊】は私がやるわ」

急にどうしたの？

お姉ちゃんにあの神獣は……、ああ、目の色が変わってる。目的は熊の体に付いてる水晶だね。

【水晶輝熊】の巨体にはキラキラ光る鉱石が生えている。

あれ、すごく価値があるらしくて、倒して収穫できれば国家レベルで財政が潤うとか。言ってみれば、歩く巨大宝石。

なので近隣諸国は、過去に何度も軍や守護神獣を差し向けてるよ。が、ことごとく返り討ち。あのボス熊はそれくらい強い。

最近、ドラグセンも調査に入ったそうな。

察知したコーネルキアが先手を取った形だ。

「私がモいでモいでモギまくってやるわ！」

だからお姉ちゃんには厳しいって。マナの感じで分かるでしょ。

ダメだ、欲望に目が眩《くら》んでる。モいでも国家に入るよ。

すると、ロサルカさんが武器の棒で、セファリスの頭を軽くコツンと。

「あなたには無理ですよ。この中で【水晶輝熊】を倒し切る攻撃力を持っているのはトレミナさんだけです。さ、私はもう一頭の上位神獣を仕留めるとしましょうか」

そう言うと、棒を闇の大鎌に変化させた。

次いで闇のオーラで体を覆い、宙へと舞い上がる。

ちょっと待ってください。

「ロサルカさん、それ、〈**闇の護り**〉ですよね？　空は飛べないと言ってませんでしたか？」

暗黒お姉さん、空中でピタリと停止する。

私の顔を見て、悪びれる様子もなく微笑んだ。

「あれは嘘でした。正式名称は〈**魔王戦衣**〉と申しまして、自在に形を変えられ、空も飛べます」

名前まで偽っていたとは。この人はまったく……。

だったら私の方も遠慮しませんよ。

ロサルカさんの獲物は私がいただきます。

やっぱり【災禍怨熊】は早く倒しておかないと、戦う皆が危険だ。

〈**トレミナボールⅡ**〉発射。

……あれ？

手の中にマナ玉を作ると同時に、【水晶輝熊】の方が動いた。

右前脚を前方にかざす。

投げた瞬間、熊神全軍を守るように巨大な雷の壁が出現していた。

シュパッ！　ドッシュ――――――ッ！

バチチチチッ！　シュ――――……。

ボールは壁を突破したものの、大きく減速。

【災禍怨熊】に受け止められる。

熊族の神技は、〈牙〉、〈爪〉、〈激波〉、〈壁〉、〈薙ぎ〉。神獣の中でもとてもバランスのいい能力なんだよね。

特に防御の〈壁〉を持っている種族は少ない。〈雷壁〉、思ったより強固だね。これは〈オーバーアタック〉を使っても十五メートル級にさえ致命傷は無理かも。

それに、どうやら〈トレミナボールⅡ〉は警戒されていた模様。先発隊の熊達から聞いたのかな。

遠距離で可能な限り倒したかったんだけど。

私、頑張るって言っちゃったし。

「ふふ、簡単にはいかないようですね。やはり各個撃破するしかありませんよ。トレミナ代表は一番厄介な宝石熊さんを仕留めてくだされば充分です。……進軍を開始しましたね。では、行って参ります」

こちらへ前進し始めた熊達を確認し、ロサルカさんも発進。

私が振り向くと、他のメンバーは頷きを返してきた。それぞれやるべきことが分かってるみたい。

第一部隊の指揮官、メルーダさんがさっと一歩前へ。

「私の隊は【猛源熊】の相手ですね。少し多いですが何とかなるでしょう。ほら、行きますよ、隊長」

彼女はナディックさんと隊を率いて駆け出した。

もう隊長もメルーダさんでよくないかな。本当に頼もしい人だ。

心配なのはこっちの二人なんだよね。

「私達は進化形の十二頭だな。任せておけ、楽勝だ！」

いやいや、そうは言ってもキルテナ。

サイズは違うけど【世界樹大竜】のキルテナと同格が十二頭だよ。

「強がってんじゃないわよ。どう考えてもきついでしょ。それから、……トレミナもかなりきついわね？」

私の目を覗きこむセファリス。お見通しよ、といった顔だ。

そう、元々ロサルカさんと二人で当たる予定だった【水晶輝熊】。実は私だけじゃ相当厳しい。

すると、お姉ちゃんは握手を求めるように手を出した。

「だったら、アレを使うしかないでしょ。姉妹の絆が試される時よ」

だね、こういう事態も想定して私達がセットで来たんだから。

マナを合わせて互いを強化する〈合〉だ。

私とセファリスは遠征前から〈合〉の練習を重ねてきた。

離れた状態で〈合〉のマナを維持するには、それぞれ〈離〉で相手のマナもキープする必要がある。

イメージ的には二人分〈闘〉を保持する感じかな。

練習の結果、戦いでも使えるくらいには仕上がった。

戦闘の激しさで結構幅があるんだけど、一回のチャージで五分程度はもつと思う。

「トレミナ、チャージよ！」

「はい、チャ――ジ」

お姉ちゃんの手を取ってマナを合わせた。

ところで私達、この〈合〉状態での実戦訓練も積んでおいたんだ。二人で手合わせしたのはもちろん、ライさんも本気で相手になってくれた。

つまり、私達は五分間、ライさんやリズテレス姫と同じくらい強くなる。

「よし！　じゃ行ってくる！」

強化戦技を使用しながら駆け出したセファリス。

瞬く間に前を走っていた第一部隊を追い抜く。

そのまま熊神の群れに突っこんだ。

ザスザスザスザスザスッ――――！

軍勢を裂くように斬り進み、進化形十二頭が立ち並ぶ所に到達。

体長二十五メートルの【猛源大熊】に飛びかかった。

呆気《あっけ》に取られて足を止めていた第一部隊は、我に返って再び走り出した。

「また抜けがけか！　負けてられん！　私も行くぞ！」

ドラゴンに戻ったキルテナも、ドスドスと地面を揺らして駆けていく。

第一部隊を抜き去り、こちらもまるで熊神など見えていないかの如く群れに突進。

ドッゴォ――――――――ッ！

熊達を弾き飛ばしながらぐんぐん進む。

呆然と眺めていた第一部隊だが、やがて再々始動。

大雑把でデリカシーのない一人と一頭ですみません。

さて、私も行かないと。時間を無駄にはできない。

私はお邪魔にならないように空から行きますね。

〈ステップ〉を足場に宙を駆け上る。

熊神軍の上空に差し掛かった頃、ちょうど第一部隊が戦闘を開始した。

メルーダさん一人を後衛に、八人の騎士が壁を作る。ナディックさんは自由に動き回れる遊撃手みたい。

全員がゲイン三種に〈トレミナゲイン〉まで使っているから鉄壁の安定感だ。

いや、鉄壁なのは強化のおかげだけじゃない。このチーム、すごく連携が取れてる。

メルーダさんが逐一指示を出し、その声に八人はしっかり（マナを集中させて）耳を傾けてるね。

副隊長の的確な指示により、熊達は全くつけいる隙がない。

……これが指揮官の力。ミラーテさんの隊とは大違いだよ。

それにメルーダさんはちゃんと後衛の役割も果たしている。

彼女の円形の武器、何て名前だっけ……、あ、円月輪だ。

あれを二つ投げて味方を援護してるね。

だけどあの円月輪、生きているみたいに飛ぶな。メルーダさん、きっちりした性格なだけにマナのコントロールも緻密だ。

加えてこの部隊の強みは、自由自在に動けるナディックさんがいること。

メルーダさんが状況を読み、ナディックさんが事前に危険の芽を摘む。

「二時の方角です、隊長。済んだら次は十一時の辺りを」

「……メルちゃん、ほんとに俺を隊長って思ってる？」

ナディックさん、どうやらメルーダさんはあなたのことをもう一つの円月輪と見ているようです。

実際には、円月輪よりずっと有能だけど。

元ナンバーズなだけあって相当な実力だし、ものすごく速い。たぶんスピード強化の戦技を追加で使ってると思うな。

この第一部隊は本当に守護神獣級だ。

一般的な野良神クラスの【猛源熊】なら、何百頭でも安心して任せられる。

えーと、他の皆はどうかな？

ロサルカさんは軍から少し離れた場所で【災禍怨熊】と戦闘中。

瘴気が私達に影響しないように引き離してくれたんだ。

キルテナも進化形と戦い始めたね。

あ、お姉ちゃん、もう【猛源大熊】を倒してるじゃない。こっちも二人（一頭と一人）に任せて大丈夫だね。

じゃあ、私は【水晶輝熊】に専念だ。

実は今回の遠征に当たり、装備を少し変更することにした。

元々、小手は両手につけていて、〈オーバーアタック〉はその右側に付与されていたんだ。つまり左の小手は空いていたので、〈プラスシールド〉をこっちに移すことにしたよ。

そう、盾を持つのをやめた。最大防御力は下がるけど、以前より〈プラスシールド〉は使いやすくなった。

空いた左手に装備するのは拳銃か、マナ玉だ。

早速私は掌にボールを作成。

空中から【水晶輝熊】に狙いを定める。

あちらも再び〈雷壁〉を展開した。

今度のはさっきとは段違いの威力だよ。

纏っているマナが違うし、ゲインも全部使ってる。

そして、仕上げの〈オーバーアタック〉。

いくよ、〈トレミナボールⅡ〉発射。

マナ玉は易々と雷の障壁を貫通した。

ほとんど勢いを削がれることなく巨大熊へ。

しかし、――――。

パキィィ……。

ガードした前脚の水晶をわずかに欠けさせただけで、渾身《こんしん》の一球は消滅。

え、私の全力投球がその程度？

……この神獣、五分で倒すのは無理かも。

と思っていると、【水晶輝熊】は信じられないものでも見るように防御した前脚を凝視。

それから視線を上げ、私を鋭く睨みつけた。

どうして？　ちょっと欠けただけなのに。

ジャガイモ農家の村娘、剣神と謳われるまで。

Jagaimo nouka
no muramusume,
Kenshin to
utawarerumade.

第九章

分担

Jagaimo nouka no muramusume,
Kenshin to utawarerumade.

～セファリスの視点～

遠征の準備をしていた一昨日、リオリッタさんからこっそり一冊の本を渡された。ここを見ろ、と言わんばかりに角の折られたページが。

『世界でも極めて貴重な鉱石の一つに、神水晶ゴッドクリスタルがある。神獣の【水晶輝■】とその進化形【水晶神■】からのみ取れる鉱石だ。

見た目の美しさもさることながら、貴重と言われる所以はその強度にある。加工が困難なほど硬質なのだが、マナを通すことでさらに硬くなる。

もし一握りでもこの宝石を採取できたなら、あなたの人生は一変するだろう。

しかし、私は断言できる。

生きた神獣の体から、とりわけ戦闘態勢の神獣の体から、神水晶を削り取ることは絶対に無理だと。

その状態の神水晶は破壊不可能である。

もう一度、自信を持って断言しておこう。

臨戦状態にある神獣のゴッドクリスタルを破壊することは、絶対に不可能だ。

宝石大全集

著　鉱石ハンター　ダグネモ・ルッカー』

……ダグネモ。破壊、可能だったわよ。

さっきのはきっと全盛り全力の〈トレミナボールⅡ〉ね。

とんでもない威力だわ……。

世界の共通認識で壊せないと思われているものを破壊してしまった。

【水晶輝熊】の方もびっくりしてたじゃない。「マジ？　これ、欠けんの？」って顔だったわよ。

……そういえばライさん、〈合〉での手合わせの時、〈Ⅱ〉は絶対に使わないようにって言ってたっけ。納得がいった……。

戦闘前は欲望に目が眩んで、私がモぐって言っちゃったけど、冷静に考えてみれば私には無理だったわ。

渡された本にはリオリッタさんのメモが挟んであった。

『一握りでいいから、見つからないようにこっそりゴッドクリスタルを持って帰ってきて』

今のボールで、一握り以上は欠けたわよね？

……後で拾いに行こうっと。

それはいいとして、私は一刻も早くトレミナの加勢に向かわなきゃ。

あの【水晶輝熊】はたぶん、クリスタルのない部分の防御力も高い。トレミナでも五分で倒すのはきついと思う。

リオリッタさんのメモには続きがあったの。

『ライが見てきてくれたんだけど、今回の【水晶輝熊】は最終進化の一歩手前じゃないか、って言うのよ。くれぐれも用心して。

下剋上せずにランキングが上がるのは嫌よ。

あとできれば、一握り。くれぐれもお願いね』

心配だけど大金もほしい、という意思がひしひしと伝わってきた。どうしようもない人だわ。彼女に見込まれた私も私だけど……。

ライさんの見立て通りなら、あのボス熊はもうすぐ【水晶神熊】になる。

名称に神が入る最終進化形はそれまでと別格。ドラグセンの五竜みたいにね。進化されたら取り返しがつかない。

そんなことになる前に倒してしまわないと！

トレミナ！　お姉ちゃん急ぐからね！

「だからさっさとかかって来なさいよ」

瞬く間に【猛源大熊】を仕留めた私を警戒するように、四頭の十五メートル級熊が様子を窺《うかが》っていた。

私の纏っている〈合〉マナの力強さは感じているだろうから、無理もないけど。

もうこっちから行くわよ！

ジャンプすると空中の足場を蹴ってさらに高く跳んだ。

そ、これは〈ステップ〉の魔法。トレミナと同じく、私も装備をバージョンアップすることにした。

付与したのは、すね当てに〈ステップ〉。

ともう一つ。小手に攻撃強化の〈ハイアタック〉を付けたわ。時間制で単発強化の〈オーバーアタック〉より上がり幅は劣るけど、私のマナじゃ毎回かけるのは無理。

それに、今の私ならこれで充分よ。

ガシャ――――ン！

角熊が出した氷の壁を叩き割った。

二度宙を蹴って熊の頭を飛び越える。

背後をとったわ！　せいっ！

首筋を斬りつけ、一撃で【猛源角熊】を仕留めた。

ぐらりと傾くその体を足場に、即座にジャンプ。

次は魔熊ね！　まずはこれ！

左の魔剣で雷の波動を放つ。

右の魔剣で爆破加速し、動きの止まった熊の胸に飛びこんだ。的確に心臓を狙い、こちらも一撃で。

よっしゃ！　あと二頭、ってヤバッ！

毒熊が私に向かってカパッと口を開いた。

これは〈毒激波〉っ！

ど！　毒がー！　死ぬーっ！

……らら？　何ともないわね。

さすが〈合〉マナだわ。周囲の【猛源熊】達はバタバタ倒れてるのに。

って何仲間を巻き添えにしてんのよ！　私一人をターゲッティングすればいいだけでしょ！

風上に置いたら危険な熊だし、熊の風上にも置けない熊だわ！

許せない！

ズッバ――――――――ッ！

右肩から左脇腹にかけて、双剣で一気に斬り裂いた。

毒熊が絶命したのを確認し、一つ息をつく。

残すは甲熊ね。

……甲熊。育てれば【水晶輝熊】に進化するかしら？

いやいや、何十年かかるのよ。

急いでるんだった。

地面を蹴ると同時に爆破加速。瞬時に距離を詰め、鱗のない箇所をザクザクッと斬って【猛源甲熊】を沈めた。

これで進化形全種コンプリートね。

キルテナの方は……。何やってるのよあいつ……。

体長四十メートルの巨竜は、周りを五頭の熊にがっちり固められている。

仕方ない、手伝ってやるか。

駆け出そうとした時、キルテナがこちらを睨んだ。

来るな、って？　ほんと、意地っぱりね。

じゃ、任せるわよ。

同格とはいえ、キルテナは二次進化形並みに強い。近頃はガッガッ稀少肉を食べてるし。

まあ心配ないでしょ。

あとの二頭は、っと。

あ……、軍勢の中に入っていっちゃってる。

もう第一部隊の人達にお願いしてもいいよね。うん、あの人達ならきっと大丈夫。

よし、私の持ち場は完了。

トレミナ！　今からお姉ちゃんが行くわよ！


～キルテナの視点～


セファリスは「しっかりなさいよ」という視線をよこして走り去っていった。

分かってるよ。巨大な神獣なのに情けないって。

誰よりも私自身がそう思ってるんだからな！

――――――。

今回の遠征が決まった直後くらいだったか、あの恐ろしいリズテレス姫に呼び出された。

彼女のことを、少し頭が良くてマナも使える風変わりな姫、と見ている奴もいるけど、とんだ思い違いだ。

あれは、……マジで怖い人間だよ。

色々と手のこんだ策を巡らせるくせに、根源にある思考は至ってシンプル。

大切なものを守るためなら、敵は容赦《ようしゃ》なく叩き潰す。

敵を減らす努力はするが、それにも限界がある。

あの日、パン屋でトレミナに出会わなければ、私も消されていただろう。誘いを断り続けた私は、とうとう限界を超えてしまったんだ。

当然と言えば当然だよ。

今ドラグセンで襲撃されている竜達と私、違いなんてないんだから。

最後だしダメ元で、美味しい物を腹いっぱい食べたい、と言ってあの山盛りのパンだ。

リズテレス姫には優しい一面もある。

いや、優しいからこそ、冷徹で容赦ないんだろう。

そうして満腹で始末される予定だった私の運命は、トレミナによって変えられた。

あのどんぐりを見た瞬間、姫の纏う空気が柔らかくなった。

奴には残忍な自分は晒したくない、って感じだったな。

思いがけず猶予をもらった私は、トレミナと共同生活を送り始める。

一緒に暮らしてみて、リズテレス姫の変化の理由が分かった気がするよ。おっとりしているが、トレミナは皆のことを考えていて、ブレずにまっすぐだ。外見も相まって見ているとすごい安心感だし、こいつには嫌われたくないって思う。

話を戻すと、私は遠征を前にリズテレス姫から呼び出された。

すぐに察しがついたよ。猶予期間が終わったんだって。

私が渋っていたわけは、五竜の存在もあるけど、それだけじゃない。

守護する国を裏切ることは、神獣の間では恥ずべきこととされている。竜族の最強種たる私がこの理を破るわけにはいかない。

たとえ命を奪われようとも。

と、ずっと思っていた。

だけど、考えは変わった。私はコーネルキアとここに住む奴らが好きになり、自分からこの国の守護神獣になりたいと望むようになっていたんだ。

気持ちを自覚した途端、理を破るなんて些細《ささい》なことになった。

新たに、安易に頷けない事情もできたんだけど……。

それでも、期限が来たなら答えるしかない。

私は承諾するつもりでリズテレス姫に会いに行った。

ところが、席につくなり彼女から意外な言葉が。

「コーネルキアはもうドラグセンに勝てるわ」

城中階のテラス。テーブル上の大皿にはパンが山の如く盛られている。

一つ手に取って齧った。

うまい。パン工房エレオラのものだ。

次いで、向かい合って座る姫に目をやった。冗談を言っているようには見えない。

「私が知る限り、五竜を倒せるほどの戦力はないぞ」

「五頭全てを倒す必要はないということよ。戦力をぶつけ合うのだけが戦争じゃない。私達は二頭仕留められる力があればいい。そして、すでにその目標は達成したわ」

そういうことか。人間はしばしば戦いに謀略を持ちこむ。

この姫は特に得意そうだ。

「つまり、もう五竜のうち、二頭を味方にしたってことだな」

「あらキルテナさん、案外呑《の》みこみがいいわね。でも、パンはしっかり噛まないと喉に詰まるわよ」

バカにするな。私は神だぞ。

やや、あそこに刺さっているのはポテトサラダのサンドウィッチじゃないか。やっぱりこいつはダントツのうまさだな。

何だ、その微笑みは。私は神だぞ。

パンを食べる私をじっと観察していたリズテレス姫がまた唐突に。

「あなた達の、守護国を裏切っちゃいけないという理ね、迷信みたいなものよ。近頃は気にせず寝返る神獣も多いわ」

分かってるよ、だから今日は話を受けるつもりで来たんだ。

ちょっと引っ掛かるとこはあるんだけど……。

姫は今度は私の顔を見つめたまま黙りこむ。

やがて何かに納得したように、椅子に深く体を沈めた。

「なるほどね、うかない表情の理由が分かったわ。そんなことは気にしなくていいのに」

あ、マナから私の本心を読んでいたのか。

まったく、私と同い年とは思えない。何なんだ、この人間は。

「……気にする。この国の守護神獣になるんだからな」

「だったら、返事は今日じゃなくていいわ。キルテナさんのタイミングで守護神獣になってくれて構わない」

「え、いいのか……？」

「いいわよ。あなたの気持ちは分かったから」

そう言ってリズテレス姫は席を立った。

「私、あなたみたいに向上心のある人（神）が好きなのよ。一生懸命な姿を見ると応援したくなる。私って人間らしいでしょ？　私（達）のことについては守護神獣になった時に教えてあげるわ」

歩き去る彼女を見送りながら、あまり人間らしくないな、と感じた。

それにしても今日はずっと柔らかい空気だった。
私も、姫の大切なものの中に含まれるようになったのかもしれない。
さて私も……、あ、パンがもったいないか。
全部食べていこう。
しかし、喉が詰まるな。
と思っていると、メイドが台車で飲み物を運んできた。
「おいおい、ジュースばかりじゃないか。子供扱いしてくれる。私は神だぞ」
「よく冷えたコーヒーやハーブティーもございますよ」
彼女の視線の先から、メイドがもう一人台車を。
「…………。よく冷えたリンゴジュースをくれ」
こうして私は自分のタイミングで守護神獣になれるようになった。
それがいつなのかは分からないけど、少なくとも今じゃない。
だって、なるのはこの国を守護する神獣だぞ？
私より強い人間がわんさかいるのに、なれるか！
……今のままじゃ保護神獣だ。
もっと強くならないと。
そう思って稀少肉を食べまくってきたが、まだ足りない。もっと強くなってやる！
こんなとこで後れをとってる場合じゃない！

――――。

私は五頭の【猛源熊】進化形に囲まれていた。

同族なだけに連携が巧みで、なかなか崩し難い。

しかも熊族はやたらに竜族を敵視してくる。どいつもこいつも闘争心剥き出しじゃないか……。

けどそれがどうした！

私はあの地獄、修羅の森を抜けてきたんだぞ！

ぐるりと回転しながら〈**地の尻尾**〉を放つ。

ドッゴゴゴゴゴ――――ッ！

周囲の大地を隆起させ、まとめて熊共の体勢を崩した。

悔しいけど、今回はセファリスのやり方が正解だ。

一頭ずつ素早く仕留める！

私の牙は一撃必殺だぞ！

くらえ！〈**風の牙**〉っ！

【猛源大熊】の出した〈**火壁**〉を破り、さらに風をコントロールして体の自由を奪った。

無防備になったその首元にかぶりつく。

息の根を止めた。

……さあ、行くぞ熊共！

私はもっともっと強くなって、堂々と守護神獣になる！

～メルーダの視点～


二つの円月輪を回収すると、戦線をさっと見渡す。

大丈夫、どこにもほころびはない。全員しっかりやってくれているし、このままいける。

けれど、油断はできないな。

私達の任務は決して楽なものじゃない。

体長八メートルの【猛源熊】は、野良神としては充分脅威であり、一頭でも護衛付きのキャラバンを壊滅させてしまうほどだ。それが二百頭以上もいるんだから。

「これなら二千人規模の軍隊を相手にした方がよほど楽だ……」

つい愚痴が。

同意するようにナディックさんと八人の騎士が頷いた。

皆には指示を出す私の声を聞き逃さないように言ってある。彼らは各自結構なマナの使い手なので、小さな呟きも拾われる。

私としたことが。

それに愚痴をこぼしてる場合でもない。

私達第一部隊は他のチームの模範となるべき存在。今回の遠征ではその真価が問われているんだ。

部隊としてなら、ナンバーズに劣らない活躍ができると証明しなければ。

……今のは取り消す。

大きなことを言えばろくなことにならないと、相場が決まっている。指揮官の私は、常に冷静で慎重でいないと。

ここで、前線を駆けるナディックさんから。

「メルちゃん、まずい。進化形二頭がこっちに来る」

「そんな、どうして。種別は何ですか？」

「大熊と魔熊だ。どうする？」

……断じて私のせいじゃない。

これは、私達の安定感から任せても心配ないと判断されたか？

実際には、あれらを相手する余裕まではない。

が、そうも言ってられないね。

「私と隊長で対処しましょう。皆はそのまま戦線を維持して」

普通の【猛源熊】の方は、私とナディックさんの援護がなくてもきっと大丈夫だ。

ロサルカさんの〈**暗黒領域**〉が効いてるし、かなりの数の熊達がキルテナさんに流れてる。私の部隊は二百頭も倒さなくて済むかもしれない。

それにしても、キルテナさんに向かっていってる熊……、どいつも闘争心剥き出しだね。あのドラゴン、熊達から何か恨みでも買っているのか？

まあでも、同格に囲まれながら飛びかかってくる奴も跳ね返して、よくやっているな。その頑張り、今度の部隊長ミーティングでしっかり報告しておく。

部隊長ミーティングとは、名前通り各隊の隊長が集う場だ。

第1部隊からは私も出席する。ナディックさん一人では不安なので。本当にこの人はいつもフラフラと……。

隣を走るナディックさんに、ちらりと視線をやった。

「俺達二人だけじゃきついって。やるしかないけどさ……。じゃあ俺が前に出るから、メルちゃんは援護を」

肩に乗せようとした彼の手を、さっと回避。

「触らないでください。それだと隊長がもちませんよ。私が大熊を抑えるので、隊長はできる限り早く魔熊を仕留めてください」

「でもメルちゃんだけで大熊は危険だよ」

「大丈夫です。私はこの第一部隊の隊……、副隊長ですよ」

「……今、隊長って言いそうになったよね？」

ナディックさんは心配そうな眼差しを残し、【猛源魔熊】へと顔を向けた。

進化形二頭に連携されたら私達に勝ち目はない。

一頭ずつ各個撃破。これしかないだろう。

一対一ならナディックさんは絶対に勝てる。あの人はそれに特化した能力だ。とはいえ、生命力の高い【猛源大熊】を倒し切るのは時間を要するはず。

なのでまず魔熊を片付けてもらう。

それまで私が大熊の動きを止めればいい。

簡単じゃないけど、他に選択肢はない！

両手の円月輪を同時に放った。

ギュルルルル――――ッ！

二つの刃が、魔熊の方に向かおうとしていた大熊を直撃。

行かせない。私がお前の相手だ。

と強がってみても、厳しい状況に変わりはないな。今の攻撃も体長二十五メートルの巨躯にはさほどダメージになっていない。

ああ、でも私を標的に定めてくれたか。

このマナの感じ……、弱そうな私をさっさと始末しよう、といったところか。だが、そっちも簡単にいくと思うなよ。

私の能力は援護特化。足止めも得意だ。

もう一度円月輪を投げようとしたその時、【猛源大熊】がブオンと前脚を振った。

発生した炎の波が押し寄せる。

これは〈**火薙ぎ**〉だね。問題ない。

「水霊よ、凍《い》てつく壁となって私を守れ。〈**アイスウォール**〉」

私の出した氷の壁が、迫りくる炎を食い止めた。

遠、中距離技は対応できる。気を付けなきゃいけないのは〈牙〉と〈爪〉だ。接近させないようにしないと。

あの熊に触れられるのは本当に危険。

改めて投擲体勢に。

「水霊よ、雷霊よ、円月輪に宿れ」

放った瞬間、大熊は前脚で地面を叩いた。

ドドンと大地から土壁が出現。

それも問題ない。私の円月輪は、速度では矢や銃弾に劣るが、自在にコントロールできるのが強み。

二つの円盤はそれぞれ土壁の異なるサイドを迂回《うかい》した。

よし、**〈双奏氷雷月〉**発動！

飛行中の円月輪の一方が冷気を、もう一方が雷を帯びる。

パキキキキキ――――ンッ！

バチバチバチバチッ！

双輪は大熊の周囲を旋回。

巨体を凍りつかせ、感電させていく。

私の専攻属性は水と雷。二属性を活かした戦技**〈双奏氷雷月〉**は、標的を停止させるのに特化した技だ。

ナディックさんが来てくれるまで、これで時間を稼ぐ！

ちらりと彼の方に視線を移した。

少し離れた戦場で、【猛源魔態】を翻弄《ほんろう》するように稲妻が舞っている。

ナディックさんの専攻は雷と風。強化戦技〈ハイスピード〉で高速移動しつつ、〈サンダーウエポン〉により雷を纏わせた剣で〈雷撃斬〉を放つ。

この速攻二重電撃があの人のスタイル。光のように速く、瞬く間に相手を倒してしまうことから閃光の騎士と呼ばれるようになった。

さらに、強敵に対しては、ナディックさんはもう一つの属性を使う。

風魔法〈風枷〉でターゲットの動きを鈍《にぶ》らせ、速度差をより大きくするんだ。下剋上戦のようなタイマンじゃなかなか勝てる人はいない。

特殊な能力を持っていたり、群を抜いてマナが多かったりしない限りね。

魔態も豊富なマナで神技を連発してくるけど、あの程度なら心配ない。

ナディックさんが仕留めるのは時間の問題だろう。

それまで、何としても私は持ち堪える!

視線を【猛源大態】に戻した。

あ、そろそろ円月輪のマナを補充しないと。

……大丈夫、大態はしっかり封じられてる。

マナの補充には手元に呼び戻す必要があるが、ほんの数秒で済む。

と片方の円月輪を手に取った瞬間だった。

直立で固まっていた【猛源大熊】が突然動き出し、両前脚を地面に下ろした。
四足歩行になるや、マナを脚に集中。
力いっぱい大地を蹴った。
しまった！　チャージのタイミングを狙われていた！
この熊！　ガタイに似合わず策士か！
気付いた時には、もう大熊は目の前に。巨大な爪が振り上げられる。
魔法は間に合わない！
〈全〉で凌……、げない！　死ぬ！
向かってくる爪がスローモーションで見えた。
……え、本当にちょっとゆっくりになってない？
そう思った次の瞬間、体がふわりと浮き上がった。
「はぁ、セーフ……」
ナディックさんが私の腰に手を回して抱きかかえていた。
即座に、逆の手に持った剣で〈**雷撃斬**〉を放つ。
大熊は後方に飛び退いた。
……さっきのはナディックさんの〈**風枷**〉だったのか。
……もう魔熊が倒れてる。急いでくれたんだ。
ってこの体勢は！

ダメだっ！

「な！　何！　触ってるんですか！　離してください！」

「助けてあげたのに、ひどくない……？」

「いいから離して！」

やばいっ！　顔が熱い！

赤面を抑えられない！

「水霊！　私の顔に宿れ！」

「どうして顔に水霊を……？」

「うるさいですね！　早く大熊を討伐しますよ！」

……ふー、危ないところだった。ナディックさんが鈍感でよかったよ。

いや、よくはないけど、今はまだ……。

何か秘策を思いつくまでは……。

……そもそも、悪いのはこの人だ。

ナディックさん……。

なぜ年上の女性にしか興味ないんです？

あなたより二つも下の私は、どうすればいいんですか？

～ロサルカの視点～


メルーダさんとナディックさんの様子を探っていて、ついため息が。

何、青春してるのよ……。

二人を窺っていたのは私だけじゃない。

トレミナさんもマナ感知で気にかけていたようね。私が代表代表と持ち上げなくても、あの子には
しっかりその自覚があったということ。

もしナディックさんが間に合っていなければ、〈トレミナボール〉さんがメルーダさんを救ってい
ただろう。

投げてやればよかったのよ、まったく。

トレミナさんはたぶん色恋にはうとい。彼女が気にしたのは、第一部隊のプライドを傷つけないこ
ととかだと思うわ。

特殊な精神性のせいか、あの子はどんな状況でも気遣いができる。強敵の神獣と戦っている最中で
もね。

気にせず、おっとり無神経に投げてやればよかったのよ、まったく。

だけど、メルーダさんも謎だわ。

ナディックさんのどこがいいの？

そいつ、かなりのクズよ？

きっちりした優等生に限って、どうしようもない奴に引かれたりするのよね……。

もう一度ため息をついてから、私は担当する神獣に目をやった。

【災禍怨熊】が肩で息をしながら、宙に浮かぶ私を睨みつけていた。

「ほらほら、もっと頑張らないと。あなたのマナ、残り半分を切りましたよ」

言葉は通じなくても、挑発は伝わったみたい。

熊の牙がバチバチと放電を開始。

〈雷の牙〉ね。得意の毒属性も遠距離攻撃も私には届かないんだから、最大の威力を誇るそれしかないでしょう。

体長五十メートルの巨大熊が大口を開けて向かってきた。

かぶりつくというより、私を丸呑みできそうね。

「あら、怖い怖い。しっかり削らせていただきますね」

大鎌を振って〈ダークスラッシュ〉を連射。

神技に込められたマナをどんどん奪っていく。

〈闇の盾〉を砕くと同時に、牙の帯びていた電気が消失した。

スピードも格段に落ちた咬みつき攻撃をサッと回避。鎌で熊の顔を斬りつける。

「ふふ、またマナが減っちゃったわね。あ、顔を傷つけてしまったわ。もし女性だったらごめんね」

おっと、昂りすぎて話し言葉が。

私が丁寧な言い回しを使うのは、本性を隠すため。あと私は嘘をつくことにも抵抗がない。周囲を不快にさせるより遥かにいいと思う。もちろん、マナで思考を読まれないようガードも万全。

自分の溜《た》めこんだ闇なんて、人にひけらかすものじゃないのよ。

そういえば、結構溜まったわね、闇。

と私は視線を上に向けた。

どれだけマナを吸収しても、私個人が収容できる量には限界がある。今は〈暗黒領域〉も展開中だから、余りに余ってるわ。

私に入り切らなかった大量のマナがどこにあるかというと、この上空。

闇に含ませて浮かべてあるの。

んー……、もう使ってしまおうかしら？

どうせあの【水晶輝熊】が進化したら、私も手伝わなければいけないし。

実は、今回の先発隊のナンバーズは選ばれるべくして選ばれている。

〈合〉で一段階強くなれるトレミナさんとセファリスさん。そして、同様に奥の手を持つ私。

あのリズテレス姫が熊の最終進化を想定していないはずがない。

そうなっても対応できる私達が来た。

二人も〈合〉を使ってるし、いいわよね。

よし、私も完全体になろう。

つまり今は不完全な状態。

何がって、この纏ってる闇のオーラ、〈魔王戦衣〉が。これは元々、〈暗黒領域〉とセットで使用するようにできている。私に収まらないマナを、こっちに移して有効活用する仕組みよ。

まあやってみましょう。

〈魔王戦衣〉、モードチェンジ……、

……**〈魔王降臨〉**！

細い滝のように、空からマナを含んだ闇が降りてくる。

接続すると私のオーラが膨張を始めた。

ズズズズズズ…………。

領域展開は短かったけど、神獣が沢山いたおかげで充分集まったわ。

これなら本当に完全体になれそう。

ズズズズズズズズズ…………。

膨張が止まった時、黒いオーラは巨大な人の形に。

あらら、【災禍怨熊】より大きくなったわね。こんなにビッグだったかしら？　久々に使ったものだから忘れて……、あ、やっぱり足りてないわ。

巨人の頭にニョキッと牛のような角が二本生え、手には大鎌が出現した。

これで完成よ。

私の奥の手、**〈バルフォニスの魔王〉**！

バルフォニスっていうのは……、と闇はひけらかすものじゃなかったわ。

ちなみに、**【災禍怨熊】**は親切にも私が完全体になるまで静かに待ってくれていた。固まって動け

なかったと言ってもいいわね。

今は小刻みに震えてる。

それから我に返ったように回れ右。

ああ、ついに逃げるのね。

私と戦っている時もずっと、あの熊の頭には逃亡の二文字があった。

毒なんかの特殊属性って、性質上使い続けていると性格が歪《ゆが》んだりするみたいなの。

自分のことしか考えられなくなったり、平気で味方を巻き添えに神技を放ったり、極度にお金が大好きになったり。

人（神）や周囲の環境によるけどね。金の亡者になるくらいは可愛いものよ。

まあ闇属性も同じことが言えるんだけど、私はほとんど影響ないわね。逃げる背中を見たら、無性に追い討ちをかけたくなる程度だわ。

実際問題、ここであの熊を逃がすわけにはいかないし。

というわけで、逃がさないわよ！

〈**魔王スラッシュ**〉！

私の意思に応えて黒い巨人が大鎌を振るう。

ザザンッッッ！

特大サイズの〈**ダークスラッシュ**〉が背後から【災禍怨熊】を斬り裂く。

一撃で残っていたマナを全て吸い取り、その命までも奪った。

おや、〈バルフォニスの魔王〉、また大きくなったわ。

そうか、私の実力が上がってきたせいね。

思えば近頃よく稀少肉を食べてるわ。

あれ？　この魔王なら、団長は無理でもライさんには勝てるんじゃない？

やりましたよジル様！

私！　実質ナンバー2の座に！

早く帰って褒めてもらわないと。こんな熊退治なんて……。

ふと戦場を見渡すと、敵も味方も神も人も、一様に手（前脚）を止めてこちらを見つめている。

「皆さん、お気になさらず。どうぞ続けてください」

んー、このサイズを気にするなと言う方が無理かしら？

『コーネルキア機密文書　No．265
バルフォニス王国滅亡に関する調査結果
キオゴード・コーネルキア

王国でそれなりの地位にあった奴から話を聞くことができた。

何でも、国内ではしばらく血で血を洗う権力闘争が続いていたらしい。その最中、ローサという貴族令嬢が闇の属性に目覚めてしまったんだと。

元々ローサは天才少女の呼び声高い、王国でも指折りの魔女だった。そんな彼女が作り出したのが、守護神獣にも劣らない闇の巨人だ。

巨人は周囲のマナを吸い続けながら、破壊の限りを尽くして国中を闊歩《かっぽ》した。

王国が国として機能しなくなるその日までな。

これがバルフォニス王国滅亡の真相だ。

ところで、後日足を運んだ際、荒野を一人で歩く少女に出会ったんだが……。

名をロサルカといい、リズの創った学園の話をしたら興味を示したから紹介状を持たせた。

だが、気を付けろ。

このロサルカという子がおそらく……。

とにかく、その子は要監視対象だ』

ジャガイモ農家の村娘、剣神と謳われるまで。

Jagaimo nouka
no muramusume,
Kenshin to
utawarerumade.

第十章

〈トレミナキャノン〉

Jagaimo nouka no muramusume,
Kenshin to utawarerumade.

私が全力で投げた〈トレミナボールⅡ〉は、【水晶輝熊】の前脚の水晶をわずかに欠けさせただけだった。

確かにリズテレス姫からもらった資料に、あれはすごく硬いって書いてあった。だけど、ここまでなんて。

いくら硬くても、もうちょっとダメージがあると思ったよ。

……私、うぬぼれていたのかな。

皆から〈Ⅱ〉は恐ろしいって言われて。貫通力はトップクラスなんて言われて。知らぬ間にうぬぼれていたのかもしれない。

きっとそうだ。

私はおっとりしてるから自覚がなかっただけで。

もっと謙虚にならなきゃ。

でないと、この強敵は倒せない。

タンッタンッと〈ステップ〉を使って巨大熊の背後に回りこむ。

今度はガードの薄い箇所を狙って……、〈トレミナボールⅡ〉。

しかし、投擲の瞬間に相手は少し体をずらした。

結果、ボールはまた水晶をわずかに削ったのみ。

完全な死角だったのに。マナで私の動きが読まれてる。やっぱりこの【水晶輝熊】は強いだけじゃなく、戦闘経験も豊富だ。

謙虚に剣の連打で崩してから、重い一撃を放つのがいいかも。

〈**プラスソード**〉のマナ大剣で斬りかかる。

再び水晶ガードで弾かれた。

気にせず剣を振り続ける。

キィン！　キィン！　キィン！　ザスッ！

キィン！　キィン！　ザスッ！

ちょっとタイミングが掴めてきた。

次は、いけそうな攻撃に〈**オーバーアタック**〉を絡めてみよう。

キィン！　キィン！　キィン！　ザッスーッ！

キィン！　キィン！　ザックーッ！

普通の毛の所も硬いけど、何とかダメージは入る。

謙虚に、というより慎重に攻めてきたけど、そろそろボールも投げようかな。

作戦を練っていたその時、異変を察知。

とっさに〈**ステップ**〉で後ろに跳ぶ。

先ほどまでいた空間が稲妻で覆い尽くされた。

これは〈**雷壁**〉。攻撃に使ってくるなんて。

あ、まだ終わってない。

【**水晶輝熊**】の前脚が動くのに気付き、〈**プラスシールド**〉を展開した。

巨大な〈水の爪〉が迫る。

魔法の盾でほんの少し勢いが削がれた隙に、さらに後方へ。

危なかった。謙虚になっていたおかげで、どうにか回避できたよ。

よし、あの体勢なら避けるのは無理だね。

今だ。カウンター気味に〈トレミナボールⅡ〉。

シュパッ！ ドッシュ――――ッ！

ドムゥッ！

「ゴガアァァッ！」

水晶のない腹部にボールが突き刺さり、ボス熊は雄叫《おたけ》びを上げた。

戦争が始まってからあちこちで熊神の鳴き声が聞こえるけど、中でも一際大きな声だ。

軍勢の熊達が一斉に振り返った。

と【水晶輝熊】は牙を剥き出しにして私を睨む。

……相当効いたみたい。さっきのは絶叫だった。

それでも、倒すにはあと何発も撃たなきゃならないだろうし、やっぱり〈合〉マナが切れる前に討伐は厳しいかも。

いや、そんな心配は無用になった。

さすが私のお姉ちゃん。

「チャージッ！」

背中に飛びついてきたセファリス。そのまま二人のマナを合わせた。

「お姉ちゃんが来たからもう大丈夫よ！」

「助かったよ、私一人じゃ困ってた」

「やけに素直ね」

「私、近頃うぬぼれてたみたいだから謙虚になったんだよ」

「ああ、そう……。あまり謙虚になると勝てるものも勝てなくなるわよ。……というより、口ではそう言ってても、私には普段通りのトレミナに見えるけど？」

確かに、謙虚謙虚と言ってるだけでいつもと全く変わらない気がする。

「おっとりしすぎでしょ！　とにかく攻勢に出るわよ！」

セファリスは〈ステップ〉で上から斬りかかる。

が、巨大熊はくるっと肩付近の水晶を向けて防御姿勢。

……むしろお姉ちゃんも水晶の方を狙ってない？

「ゴッドクリスタル！　いただきっ！」

双剣を振り下ろすも、カキンッと弾き返された。

「かたっ！　やっぱ私じゃムリー！　だったら……」

空中を高速で跳ね回りながら、【水晶輝熊】の生身部分を斬っていく。

お姉ちゃん、〈ステップ〉の扱い上手《うま》いな。でも、気を付けないと……。

不意の放電。

バチバチバチバチバチバチッ！

「ぎゃ―――――っ！　何これ―――――っ！」

見事にセファリスは〈雷壁〉に挟まれてしまった。

そこに、さっきと同様に〈水の爪〉が。

それより早く、私がマナの大剣で稲妻を切断。姉を抱えて脱出した。

「私一人で逃げられたから！　ビリビリするー！」

「お姉ちゃんはもう少し謙虚になった方がいいよ……」

そう話していた次の瞬間、突然、邪悪な波動を感じて二人で振り向いた。

見る見る大きくなっていく闇の塊。

やがて全長八十メートルを超える人の姿に。

「魔王だわ……。見たことないけど絶対そうよ……」

「……ロサルカさん、あんなのまで隠してたんだ」

魔王は大鎌一振りで【災禍怨熊】を沈め、直立でこちらを眺めている。

コオオォォォォ―――…………。

私達と一緒に釘《くぎ》付けになっていた【水晶輝熊】が向き直った。

ふむ、精神がつながったわけじゃないけど、何となく言いたいことは分かるよ。

お前ら、……ほんと何なんだよ。だね。

私もロサルカさんに同じことを言いたい。

でも、彼女があれを出したのは、きっと私が頼りなく見えたせいだ。私に任せておくと【水晶神熊】に進化してしまうと思ったから。

……私の力が足りなかったせいだ。

以前は、〈トレミナボールII〉があれば大切なものは守れると思っていた。

だけど違ったみたい。

世界は私が考えていたより広かった。謙虚さは必要だけど、それだけじゃ大切なものを失いかねない。

私、もっと強くならなきゃ。

どうやら〈トレミナボールII〉を次の段階に進める時が来たらしい。

と思っていると、【水晶輝熊】の全身が光り始めた。

おお、本当に水晶が輝いてる。

なんて感心してる場合じゃない。

あれは進化の前兆だ。

資料に書いてあった。徐々に光が増していき、太陽にも負けない眩《まばゆ》さになった時、いよいよ進化が開始されるって。トリガーになるのは神獣の想いらしい。

巨大熊の顔に目をやった。

そうか、あなたも願ったんだね。強くなりたい、と。

「このままじゃ【水晶神熊】になっちゃう！　早く倒さないと！　魔王が来る！」

熊と魔王を交互に見ながらセファリス。

「進化はさせない。私達二人で仕留めよう。私、これを投げるよ」

そう言って手元にマナ玉を作った。

ただし、いつものとはちょっと違う。

「それ投げるの……？　本気……？」

姉が目を丸くして聞き返してきた。

視線の先、私が持っているのは直径五十センチほどのボールだった。普段投げているのが大体直径十センチなので、遥かに大きい。

でも、彼女が驚いたのはそのサイズにじゃない。

込められたマナの量にだ。

私はいつもマナ玉に限界までマナを注いでいる。この大玉でもそれは一緒。体積にして百倍以上はあるね。

つまり、普段のボール百球分を超えるマナがこの中に。

これを**〈トレミナボールⅡ〉**で発射する。

ちなみに、ボールに合わせて接合部分（**〈気弾〉**として撃つ部分＝追加推進機関）も大きくするから、破壊力はさらに増すはず。

丸くなっていたセファリスの目が輝いた。

「いいんじゃない！　やってトレミナ！　きっと水晶も砕けまくりよ！」

「水晶……？　まあ、ガードされるだろうからそこも突破しなきゃならないけど」

何だか欲に塗《まみ》れた思念が伝わってくるよ、お姉ちゃん。

全力で協力してくれそうだからいいけど。

「お姉ちゃんにも連携してやってほしいことがあるんだ」

「何でもやるわ！　ところで、新技の名前は？」

「えーと、これは――」

教えるとセファリスは微妙な顔に。

気にしないことにした。

この大玉は両手で投げることになる。接合部分の〈気弾〉もしっかり左右の掌と連結させた。よし、これで準備は……。

おや？　内側から警告が。


～私の精神世界～

どうしました、〈トレミナボール〉さん。

引っつけたマナに違和感でも？

『いいえ、そちらは間違いなく私自身です』

それはよかった。では、どうしたというんです？

『マナバーストについてです。マスターのお体が心配なのですよ』

お気遣い感謝します。

ですが大丈夫。私の予想では、今の〈合〉マナなら耐えられるはずですから。

『私の予想も同様ではありますが、くれぐれも気を抜かないでください。マナバーストは私達が制御できるものではありませんので。それと、もう一つ気になる点が』

もう一つ？　何でしょう？

『新しい技の名称です。お考えのそれ、仰ってみてください』

え、〈**トレミナボールⅡ・ビッグサイズ**〉です。

ダメですか？

『ダメですね、長すぎます。あとセンスも……。私は新たなステージに入りましたし、名称もシンプルに一新してみてはどうです？　マスターの同期の方のように』

チェルシャさんのことでしょうか？

『この大きさの私はもう砲弾と呼んで差し支えないかと』

通常サイズでも充分砲弾で通ると思いますが……。

分かりました。何より〈**トレミナボール**〉さんが気持ちよく飛べることが一番大事です。

『私はマスターの技能で幸せです、本当に』


～現実世界～

……ボールの力強さが増した？

マナの質が上がったみたい。技能の意見をきちんと聞いてあげるのって、結構重要なんだ。

それにしても、マナバーストにまで気を回してくれるとは、よくできた〈トレミナボール〉さんだよ。

マナバーストとは、ボールを投げた時に発生するあの衝撃波のこと。発生条件ははっきり解明されていないけど、どうもマナの量と勢いが関係しているらしい。

放った本人でもコントロールできないからとても危険だ。特に今回は〈トレミナボールⅡ〉の時とは桁違いのバーストになりそうだし。

そうだ、お姉ちゃんにも言っておかないと。

「お姉ちゃん、この大玉はすごい衝撃波が出そうだから、もう少し離れた方がいいよ」

「そんなに？　トレミナは大丈夫なの？」

「たぶん平気。本玉（人）も同見解だから心配しないで」

「本玉？　まあ信じるわ。私の方はいつでもいけるわよ」

やや離れた所でセファリスは双剣を構えた。

確認した私は、頭上にボールを掲げて投擲の姿勢。

すると、【水晶輝熊】は即座に〈雷壁〉を展開した。

「それを出すのは（妹が）お見通し！　私も特大でいくわよ！　〈ダブルオーラスラッシュ・ビッグサイズ〉！」

ズザザン――――ッッ！

双剣から放たれた二つの巨大なマナの刃が、〈雷壁〉を綺麗に四等分。

ありがとう、お姉ちゃん。

これで威力を削がれることなくマナ玉を当てられる。

その前に、まずは〈オーバーアタック〉だ。よし。

「いくよ、〈トレミナキャノン〉」

とセファリスがバッと振り返った。

「さっきと名前が変わってるじゃない！　微妙だと思ったけどお揃いにするためにビッグサイズ付けたのに！　お姉ちゃん！　恥ずかしいわよ！」

お姉ちゃん、静かに。今、大事なところだから。

投擲フォームは片手投げの時とは異なってくる。しっかり全身の力をマナ玉に伝えられるように気を付けた。

諸々《もろもろ》定まると、直径約五十センチのそれを両手でスロー。

〈トレミナキャノン〉、発射。

ズバァァン！　ゴッシュ――――――ッ！

放った瞬間、強力な衝撃波で足元の地面が吹き飛ぶ。

やっぱり〈トレミナボールⅡ〉とは桁違いのマナバーストだ。足元どころか、半径十メートルほどのクレーターが。

想定通り〈合〉マナは何とか持ち堪えてくれた。

普段は〈全〉じゃないと厳しいかも。あと周りに人がいないか確認しないと、本当に危ない。

こんな風に思考を巡らせたのは一瞬のことだった。

発生した衝撃波でまずセファリスが転ぶ。

波が平原中に広がった頃、マナ玉は【水晶輝熊】のもとへ。

ボス熊は前脚をクロスさせて水晶で防御。

バキィィ――――ン！

砲弾は水晶を砕き、前脚を弾いた。

なお勢いは衰えず、胸部の水晶に突き刺さる。

「グガァァ――――――――――ッ！」

体長五十メートルを超える熊の体が宙に浮かんだ。

「あの巨体を吹き飛ばした！　ゴッドクリスタルめちゃ砕けたー！」

ズズーン！　と【水晶輝熊】が大地に横たわるのを見て、セファリスが声を上げた。

粉砕された水晶が戦場のあちこちに降り注ぐ。

戦いの手（前脚）を止め、信じられない光景でも見るように空を仰ぐ熊神達。

あ、私の所にも水晶の欠片《かけら》が。

掌で受けたその時だった。

『進化を目前に、無念だ……。

……だが、俺は最後に素晴らしい相手に出会えた』

これは……、あの【水晶輝熊】のマナ残思？

敵同士で精神がつながることなんてあるのかな。敵なのに心が通じるなんて……、いや、ありえるのかもしれない。

体を起こし、まっすぐにこちらを見据える熊神。

その眼差しから、そう感じることができた。

「クリスタルだけじゃなく、体の方にもかなりのダメージがあったみたいね。二人で協力すればもう簡単に倒せるわ」

お姉ちゃん、それはできないよ。

私は彼の声を聞いてしまったから。

「ダメだよ。もう一発、全力で〈トレミナキャノン〉を撃つ」

「もう一発全力で、って。……トレミナ、分かってる？」

もちろん分かってる。

通常の〈トレミナボールⅡ〉百球分以上にもなるキャノンは、私が万全の状態でも放てるのは二発まで。

つまり、総マナの半分近くも費やすんだ。今は他にも結構使ってしまっているから、撃っちゃうと私のマナは本当に空になる。度々マナ切れを起こしているチェルシャさんでも、最低限のマナはちゃんと残している。私はその一線も越えてしまうだろう。

だけど、私は【水晶輝熊】の想いに応えなきゃならない。

そうでしょ？

新たな大玉を作ると、熊神の口元に笑みが浮かんだように見えた。

一方で、セファリスは深いため息。

「止めても無駄のようね。いいわ、後のことはお姉ちゃんに任せて」

ありがとう、私がこんな無茶できるのはお姉ちゃんがいてくれるからだよ。わがままだったり、困った行動も多々あるけど、肝心な時には本当に頼りになるって知ってる。

きちんと言葉にした方がいいかな？

「必要ないわよ。〈合〉マナを通して伝わってきたから。……できれば、技名変更もきちんと伝えてほしかったけど」

「ごめんね、おっとりしてた」

「ま、それがトレミナよね。とにかく、頼りになるお姉ちゃんがいるから思いっ切りやりなさい。ふふ」

「うん、そうさせてもらうよ」

伝わったり伝わらなかったりだけど、大切な部分ではしっかりつながってる。だから、私達はいつでも〈**合**〉が使えるんだ。

お待たせ、**【水晶輝熊】**。

この〈**トレミナキャノン**〉は、今の私が撃てる最高の一発だよ。

ボールを頭上に掲げて投擲体勢を取ると、巨大熊は後脚で立ち上がった。

両前脚は先ほどのキャノンのダメージが大きいのか、ダランと下がっている。それでも彼は胸を張った。胸部のひび割れた水晶を誇らしげに。

まるでここに撃ってこいと言わんばかりだ。

そうか、その水晶は紛れもなくあなたの誇りなんだね。

分かった。じゃあ、投げるよ。

……叶うことなら、あなたの名前を知りたかった。

〈トレミナキャノン〉、発射。

ズバァァン！　ゴッシュ――――――ッ！

マナを使い果たし、私の意識は遠のいていく。

最後に見たのは砕け散る水晶。

キラキラ、キラキラ、美しく空を舞っていた。


～セファリスの視点～


キャノンが放たれた直後、私は衝撃波をかいくぐって駆け出す。

意識を失ったトレミナを抱き止めた。

……信じられない、この子。ほんとにマナを使い切ったわ。

戦闘ではトレミナはいつも冷静だし、計算だってできる。

それがここまで……。

よほどあの【水晶輝熊】から感じるものがあったのかしら？

何にしろ、こんなことができたのも、私がいるからなのは間違いないけどね、ふふ。はっきり伝わってきたわよ。頼りになるお姉ちゃんがいるおかげだって、うふふふ。

なんて、うかれてばかりもいられないわね。しっかり期待に応えなきゃ。

トレミナはしばらく起きないと思う。

私も師匠との訓練（という名の実戦）で、うっかりマナを切らしてしまった経験がある。あの時は半日以上寝てたっけ。

妹の場合、マナ総量が多い分、回復も早いからもう少し短いかな。いや、逆におっとり丸一日くらい眠ってる可能性も……。

とにかく好都合だわ。

この先は気持ちのいい戦いじゃないもの。

ボスの【水晶輝熊】は今の〈トレミナキャノン〉で絶命。進化の光も消えてるから確かよ。

もう一頭の上位種、【災禍怨熊】もロサルカさんが仕留めた。

あとは……、あ、キルテナも同格の五頭を倒してるじゃない。現在は次々飛びかかってくる【猛源熊】達の相手中か。……あいつ、熊族から何か恨みでも買ってるの？

まいっか、進化形十二頭も討伐っと。

残すは一般兵の【猛源熊】が五、六十頭ほど。

つまり、残党狩りなのよね……。

今回の戦争では一頭たりとも逃がさないようにと、私達は出発前に言われている。

手ひどく人間にやられた野良神は、その恨みから後々人を襲うようになるらしい。恨みの募った神獣は怖い。体長四十メートルのドラゴンならともかく、普通の人には危険極まりないってこと。

それでも、今は戦意を失いかけていて戦いづらい相手ではある。トレミナにはやらせたくなかったのよ。

周囲を見回していると、ちょうど魔王を解除したロサルカさんがこちらへ。

「妹をお願いします、ロサルカさん。私は残りの熊を倒しに行きますから」

「でしたら、私がそちらをやりますよ？」

「いえ、私に任せて、ってトレミナに言ったので」

「結構辛《つら》いですよ。大丈夫ですか？」

「平気です。私はお姉ちゃんなので」

妹が辛い思いするより全然いい。

ロサルカさんにトレミナを託し、私は第一部隊のもとへと走った。

「後は私が引き受けます！　皆さん、下がってください」

すると、メルーダさんが心配そうな眼差しで。

「まだ何十頭もいますよ。さすがに一人では……」

「一人の方がいいんです。秘奥義を使いますから」

あら、キルテナもこっちに来る。人型に戻ってるわ。

「お前ら早く逃げろ！　巻きこまれるぞ！　そいつマジでバカだから！」

言い残して横を駆け抜けていった。

失礼な奴ね。

ああ、でも第一部隊の人達も何かを察して行ってくれたわ。これで心おきなく奥義を撃てる。

ダンッ！　と地面を蹴って熊神達の頭上へ。

……やっぱり半数ほどがもう戦意を失ってる。

気を強く持たなきゃ！　悪く思わないでね！

〈セファリススピン〉！

――――。

マナ刃の嵐を放ったのち、素早く状況を確認。

何頭か逃がした！

平原の方に行ったのは、メルーダさんとナディックさんが対処してくれてる。

問題は森の中に逃げた熊ね。完全に気配を絶ってしまっているわ。

急いで追いかけないと。その前に、ロサルカさんに一言言っておこうかな。

とキャノン発射地点まで戻った私の目に、信じ難い光景が。

「あ、お姉ちゃん、さっきはありがとう。おかげでたんこぶ作らずに済んだよ」

トレミナがけろっとした顔で律儀にもお礼を。

やあね、いいのよ、姉妹だもの。

「じゃなくて！　どうしてもう起きてるの！　まだ数分しか経ってないわよ！」

「え、分からないよ。勝手に目が覚めちゃったんだから」

傍らのロサルカさんが「ふーむ」と妹を観察する。

「マナはまだわずかしか回復していませんね。しかし、普通の騎士ならどうにか戦える量ではありますので、つい起きてしまった、といった具合でしょうか」

わずか、の量が半端ない……。

あと、つい起きてしまった、っておっとりなの？　きっとおっとりのなせる業ね。

お姉ちゃん、まだ全然活躍してないわよ。

スピンしただけだわ。

おっと、そうだった。

「トレミナはもう少し寝てなさい。私は森に逃げた熊を追いかけるわ」

「…………。だったら私が追うよ」

「ダメよ！　私に任せるって言った（思った）でしょ！」

「〈合〉マナは切れたけど分かるから。お姉ちゃん、私を気遣ってくれてるんでしょ。だけど、私はこの遠征チームの代表なんだよ。私がやる」

「お姉ちゃんがやるから！」

「お姉ちゃんにだけ辛い思いはさせないよ」

なんてお姉ちゃん思いで強情な子なの！

と姉妹で言い合っていると、横からロサルカさんが。

「逃げた敵に追い討ちをかけるなんて、まさに私の仕事でしょう。お二人はまだ子供なんです。もっと私に甘えてください」

そう微笑み、彼女は〈**魔王戦衣**〉で森へと飛んでいった。

むぅ……、暗黒お姉さんに大人の余裕を見せつけられてしまったわ……。

姉として私はまだまだだということか。

打ちひしがれている間に、トレミナのもとには馬に乗った騎士達が集まっていた。

彼らは以前からこの南方域を巡回している部隊。今回は戦争後の始末を手伝ってくれる段取りよ。

稀少肉の回収とかね。

そうだわ、私もゴッドクリスタルを回収しないと。

えーと、鞄、鞄。

どこかの木に引っかけておいたのよね。

鞄を探して走っていると、**【水晶輝熊】**の骸の横に立つキルテナが目に入った。

あいつ、もしかして手を合わせてる……？

珍しい、っていうか初めて見たかも。

「何をらしくないことしてんのよ」

「う！　うるさいなっ！　弔い方なんて知らないからやってみただけだ！」

ドラゴン少女はやや間を空けた。

「……私にはこいつの無念さが分かる。何十年も、あるいは何百年も進化の時を待ち望んでいたはずだ。やっとその瞬間が来たってのに……」

……キルテナも進化を待ち望んでいるのかしら？

そりゃそうよね。早く上位種になりたいに決まってる。

それから、キルテナは【水晶輝熊】の顔を見上げた。

「だけど、こいつの表情はどこか満足そうに見える。……最後の相手、トレミナでよかったと思うよ」

ほんと、大した妹だわ。

私も子供扱いされてる場合じゃない。姉としてもっと成長しなきゃ。

～セファリス　余談～

拾い上げた水晶の欠片を鞄に入れた。

〈トレミナキャノン〉のおかげでゴッドクリスタルが拾い放題だわ。

一握りで人生が一変するなら、私の人生は何変しちゃうの？　うふふふふ。

鞄を開け、たんまり詰まった煌く宝石を確認。

んー、もう入らないわね。

何かいらない物を捨てようかしら。あ、これいらない。

と宝石大全集を取り出す。

「ダグネモ、世界はあんたが思ってるより広いわよ」

彼の著書をそっと地面に置いた。

「にしても、これだけ大量に散らばってると回収班でもちょろまかす人が出てくるんじゃないの？心配だわ」

「心配無用です。私が注意して見ていますので」

背後からの突然の声に、慌てて鞄を閉めた。

振り返ると、そこにはきっちりした装いの女性騎士が。

「メルーダさん、〈隠〉で背後を取らないでくださいい……。わ、私は何も拾ってませんよ。こ、このパンパンの鞄に詰まってるのはキルテナのおやつです。あいつ、ほんと大食いで困っちゃうなー」

「いえ、ずっと見ていましたから。私はリズテレス様から、神水晶を誤魔化す者がいないか監視するよう、仰せつかっています。ただ、少しばかり裁量権もあります。セファリスさんの今日の頑張りは評価に値しますので、大目に見ますよ。ですが、もうそれ以上は拾わないでください。いいですね？」

「……え、こんなにくれるんですか？　……どうも」

裁量権、広すぎませんか？

それだけ姫様から信頼されてるんだ。

「メルーダさんって、学生時代は学級委員長とかじゃなかったですか？」

「よくお分かりで。四年間、ずっと委員長でした」

……この人、後で全員の持ち物検査までしそう。

皆さん、絶対にちょろまかしはできませんよ。

と回収班の騎士達に目をやる。

その中に、何だか無性に気になる人物が。体格からして女性だろうが、黒煌合金の全身鎧に、フルフェイスの兜《かぶと》。

暑くないのかしら。

それよりあのマナ、なんか覚えがあるのよね。

近付いていくと、向こうもこちらへ歩いてきた。

「セファリス、私よ、私」

「その声、やっぱり……。リオリッタさんですね」

「そそ、皆のことが心配になっちゃって、こうやって変装して密《ひそ》かに様子を窺っていたのよ」

それも嘘じゃないでしょうけど、別の目的がありますよね？

「でも、杞憂だったみたいね。トレミナちゃん、何かすごいの投げてたし。……さあて、このまま帰るのも何だし……、ゴッドクリスタルでも拾っていこうかな」

だから、そっちがメインですよね？

ほんとにこの人はどうしようもない……。

けど、気を付けてください。委員長が目を光らせていますからね。

噂をすれば、メルーダさんが一直線に私達の所へ。

「リオリッタさん、なぜここへ？　まあ、察しはつきますが。水晶、拾ってはいけませんよ」

「そんなっ！　フル装備まで買って潜入したのに！」

……バレるの早すぎ。

追　章

天使と五竜

Jagaimo nouka no muramusume,
Kenshin to utawarerumade.

～チェルシャの視点～


統一暦八六七年八月上旬。

トレミナ達と物資を乗せたキルテナが出発したのを確認し、私も王都を飛び立った。

向かう先はドラグセンだ。目的はもちろん敵国の竜を倒してその稀少肉を手に入れるため。

私はもっと強くならなきゃならない。

今回の南方遠征、実は私もメンバーに志願した。だけど、リズテレス姫はトレミナ達とロサルカさんにお願いすると。姫様は私を気遣って言わなかったけど、理由は分かった。

……私の、力が足りないからだ。熊神達のボス、【水晶輝熊】は最上位に進化する可能性がある。そうなっても対応できるトレミナとセファリス、そしてロサルカさんが選ばれた。

光霊使いのナンバーズとして、私はどうしても闇霊使いのロサルカさんを意識してしまう。おそらく彼女は普段、相当実力を隠している。私はかなりの差をつけられているに違いない。

今のままじゃダメだ……！

決意を新たにしている間に、もう私はドラグセンの上空を飛行していた。

森の中に小さな村を見つけ、その手前で地上に降りる。

しまった、ここはエデルリンデ領だ。

五竜というのは各自が皇帝のような存在で、それぞれ領地を有している。五つの領地を併せてドラグセンと呼ぶ。

五竜エデルリンデはすでにリズテレス姫と密約を交わしており、コーネルキア側に寝返っていた。

ここの竜は食べてはいけないと言われてる。

仕方ない、後で移動しよう。

まずは腹ごしらえ。と言っても、こんな場所じゃあまり期待できないけど。

森を抜けた私はそのまま村に入った。小さな集落だが寂れた雰囲気じゃない。なんだか温もりを感じる童話にでも出てきそうな村だ。

エデルリンデは五竜の中でも高い知性を備えていて、その領地は他の四つより遥かに豊か。寝返った目的ははっきりしており、自分が発展させた領地だけを残し、足を引っ張る他の国土はコーネルキアに押しつけようというもの。

そうしたくなる気持ちも分かる。私は食べ歩き目的でドラグセン中の町を巡っているけど、比較的ましなのはヴィオゼーム領くらいで、あとはひどい状態。ほぼ全ての美味しい店がエデルリンデ領にあると言っても過言じゃない。

私の翼が自然とこちらを向いたのも仕方ないことだろう。

なんて考えていたら本格的にお腹《なか》が空いてきた。

その時、一軒の店から香ばしい匂いが。

あれは焼きとり屋……。この香り……、醤油、砂糖、酒、その他の調味料を高いレベルで融合させてる。間違いない、あそこの焼きとりは確実に美味しい。

こんな小さな村にまで名店があるとは、さすがエデルリンデ領。

迷いなく焼きとり屋に入ると、カウンター席に座る一人の女性が目に留まった。溢れんばかりの威厳に、この村の者じゃないと一目で分かる高貴な装い。

艶やかな長い髪を揺らして振り向いた彼女は、こちらを見てニコリと微笑む。私は隣の席に座った。

店主の少女が早速注文を聞きに来る。

「今日は変わったお客さんがよく来ますね。女皇様のような方の次は、天使みたいな美少女ですか。何をお出ししましょう？」

「なかなか鋭い」

「え……？」

「じゃ、この店の自信がある串を十本いただこう」

「そんな挑戦的なオーダー初めてです！　か、かしこまりました……」

注文が済むと、私は隣の女性に視線をやった。

「それで、五竜エデルリンデがなぜこんな所にいる？」

「少し所用で。あなたは確か……、ナンバー7のチェルシャさん、でしたかしら？」

私はリズテレス姫のおつかいで一度この女皇に会っている。もちろん今の姿はその人型だ。マナまで完全に絶って、本当に何をしているのか。

「チェルシャさんはまた竜狩りですの？　真面目ですわね」

「私は弱いからコツコツやるしかない」

「以前お会いした二か月前からずいぶん強くなっているようですが？　信じられない早さですわよ」

「私の周りにはもっと強いのがいるし、もっと信じられない速度で成長してるのもいる」

話をしている間に注文した焼きとりが届いた。私はそれらをさっと眺め、改めて店主の顔を見る。

「十本全て異なるものを出してくるとは、いい度胸だ」

「い！　色々と食べたいかと思っただけです！」

なるほど、お気遣いありがとう。では、いただきます。

やはり醬油だれは最高の出来。ねぎまもバランスがよくて美味しい。塩だれもなかなか。というより、こちらもかなりレベルが高い。レモン、胡椒《こしょう》、どちらもよく合う。そして、柔らかく芳醇な味わいのつくね。さっきはあんな風に言ったけど、十本いずれも自信作と言われても納得せざるをえない。

この子、まさか……。

私は身を乗り出して調理中の少女の手元を見た。握る包丁がうっすらとマナに覆われている。さらに、肉に刺す串もマナに。のみならず、炭火で焼く際には焼きとり自体がマナに包まれていた。

……彼女が錬気法を習得していないのは明らか。つまり、焼きとりに対する情熱が無意識のうちにマナを引き出している。

この子は……、天性の焼きとり職人だ！

私は静かに椅子から立ち上がった。

「……店主、名前を聞こうか」

「何か失礼がありましたでしょうか！」

「いいから教えて」

「……ハンナです」

……ハンナ、ぜひともコーネルキアに連れ帰りたい。

私の考えを読んだように、エデルリンデも笑みを湛えながら席を立った。

「いけませんよ、彼女は我が国民ですもの。皇都でお店を開いてもらいます」

「皇都って！　あなたはいったい……！」

「事情はのちほど。待ち人が来ましたので。人ではありませんが」

ん？　待ち人？

エデルリンデは「とりあえずお代です」とカウンターに札束を置いて店を出ていく。すぐに私も後を追った。

「どういうこと？」

「私はここに焼きとりを食べに来たわけではありませんのよ。言うなれば、そう、鳥を焼きに来た、かしら。ほほほほほほ」

札束を持ってハンナも追ってきた。

「お代いただきすぎです！」

外に出るとエデルリンデは空を見上げる。

私も同じ方角に視線をやった。マナ感知を最大まで伸ばして様子を探る。女皇よりずいぶん遅れて、ようやく私も接近するものの正体を掴んだ。

……これは、かなりの数だ。あんなのが襲来すればこの小さな村は跡形もなくなる。

エデルリンデは私の表情の変化を楽しんでいるようだった。

「ここしばらく警戒していた野良鳥神の群れですわ。いよいよ人里に近付いてきたので討伐することにしましたの。鳥神だけにすばしっこい相手ですから、私がまとめて片付ける予定だったのですけど……。せっかくですしチェルシャさん、やっつけてくださいます？」

「私はエデルリンデの配下でもこの国の騎士でもない」

「ですが、強くなりたいのでしょう？　竜ばかり狩るのも飽きたのでは？」

「…………」

「報酬はハンナさんがオープンする焼きとり店の一年間無料招待券ですわ」

「やる」

……しまった、ついつられて。エデルリンデめ、恐ろしい逸材を発掘したものだ。

「私が皇都に行くこと、もう決定していませんか……」

そう言って私達同様に空を仰いだハンナの目が、驚きで見開かれる。

村の上空に巨大鳥の群れが飛来していた。

数にして五十羽以上いるだろうか。小さい個体で体長四メートルほど。

その中に一際大きな怪鳥が二羽。どちらも体長は二十メートル以上ある。あれらがこの群れを率いている上位種。攻撃力特性の【迅矛碧鳥】と特殊特性の【冥獄凶鳥】だ。

厄介な組合わせだけど、引き受けたからにはやるしかない。

野良神の大群が襲来したのを聞きつけ、村の住人達も外に出てきていた。ハンナと同じく絶望の表情で空を見上げる。この規模の群れならそこそこ大きな都市も壊滅させてしまうので無理もない。

ただし、通常の防衛態勢であればの話。

頭部に一角を生やした【迅矛碧鳥】の嘴が開いた。

「光霊、私をすごく強い天使にしろ。〈エンジェルモード〉」

臨戦魔法を纏った私は即座に行動に移る。

「〈エンジェルバリア〉！」

村全体を光のドームですっぽり覆った。直後に天から稲妻が降り注ぐ。

しかし、私が構築した防御壁に触れるやことごとく消滅。

今のは鳥神族の〈**雷の歌**〉か。やっぱり攻撃範囲がかなり広い。

鳥神は遠距離の神技を得意としている。となると、村を守る〈エンジェルバリア〉は解除するわけにはいかない。この戦いを引き受けた以上、彼女には頼りたくないし。

視線をやるとエデルリンデは余裕の笑みを浮かべていた。

「村は私に任せてもらってもよろしくてよ」

「必要ない。私は守るべきものはしっかり守った上で、叩くべきものを叩く」

「まあ、素晴らしい。チェルシャさん、我が国に来ませんか？　民の反応も上々のようですし」

振り返ると村人達が私の前で膝をついていた。奇跡でも目の当たりにしたかのように揃って拝んでくる。ハンナも呆然と立ち尽くし、うわごとを呟くようにその口が動いた。

「天使……、天使、様です……。天使みたいな美少女は……、本物の天使様でした……」

そういうコンセプトの魔法なので。

そしてこれは、私自身を武器に変える魔法。

飛び立つと光のドームから出る。襲いくる四メートル級の鳥神達の群れに突撃した。素早く飛び回りながら背中の翼で鳥達をバシバシと叩き落としていく。

やっぱり、まずは大きな二羽を倒さないと。配下の一般兵は後回しでいい！

翼を振って無数の羽根を周囲に浮かべる。

行け、〈**エンジェルフェザー**〉！

舞っていた羽根は光の弾丸となって四メートル級達に飛んでいった。

配下の鳥神が怯《ひる》んでいる隙に、私はボス二羽のもとへ。【迅矛碧鳥】に狙いを定める。

〈**エンジェルブレード**〉！

両の翼から二つの光刃を放つも、相手はひゅるりと身をひるがえして回避した。一角鳥もお返しとばかりに翼を振る。放たれたのは強力な冷気。

あれは〈**水の翼**〉、を氷結させた技。もちろん私の方も避ける。と上空に逃れた私に不穏なマナがまとわりついてきた。

体が、重い……！　これは……！

振り返ると、私を見つめる【冥獄凶鳥】の目が怪しげに輝いていた。

あいつの〈**毒の眼**〉だ！　私の光霊を侵食してくるとは、思っていたより高威力！

動きが阻害されたわずかな合間に、【迅矛碧鳥】がすぐ目の前まで。その角が炎を纏い、赤く発光する。

突き出された灼熱《しゃくねつ》の矛を、私は二枚の翼を重ねて防御。

食い止め切れず私は森の中に落下した。

一番気を付けなければならない〈角〉技を受けてしまうとは、不覚。エデルリンデの笑う声が聞こえてくるようだ……。

野良神といってもあの二羽は強い。もう守護神獣を相手にしていると思った方がいい。連携も厄介だし、このままでは勝てない。

……まだ練習中だけど、あれを使うしかない。

再び地上から飛び立った私は、意識を集中させてマナを高める。

悔しいけど、私はナンバーズの中では弱い部類に入るって自覚してる。だから、春から必死に腕を磨いてきた。

これくらいは乗り越えてみせる！

「光霊！　私をさらなる高みへ！　〈エンジェルモードⅡ〉！」

私を覆っていた光が渦を巻き始める。

これは再構築。光霊が私から大量のマナを吸い上げ、天使の鎧を作り変えている。生み出されるのはそれまでの進化形でもあり、新たな戦闘魔法でもある！

パアァァァァァァァァッ！

光が弾けると、私は次なる段階に進んだ天使マナを纏っていた。大きな変化といえば、背中の翼が二枚から四枚になったこと。だけど、それだけじゃない。

変身を待っていたように、ボスの上位種達が同時に向かってくる。

翼をはばたかせたのは【冥獄凶鳥】の方だった。発生した雷の波動がこちらへ。

その程度、避けるまでもない。

私の纏う光に触れるや雷は、パシュッ！　と発散した。

「理解するがいい、鳥共。この〈エンジェルモードⅡ〉は」

鳥神達が間近に迫った次の瞬間、私はもう二羽の後方に移動していた。

「全てにおいて、以前とは別格だということを」

そして、翼が四枚に増えれば攻撃は二倍になるということを。

次の移動で【冥獄凶鳥】の背後を取った私は、翼を全部細長い槍に変化させる。

〈エンジェルランス〉×４！　の乱れ突き！

シュザザザザザザザザザ！

…………、仕留めた。

力尽きた毒鳥は森へと落ちていく。

さて、あと一羽。早々に決めさせてもらう。なんせこの〈Ⅱ〉はすごくマナ消費が激しくて、それほど長い時間は……、……あれ？　もうマナが尽きそう。どうして？

と村を覆っている巨大な光のドームが目に入った。

あれか！

翼が四枚から二枚に戻った矢先、【迅矛碧鳥】がまた一角を燃え上がらせて接近してきていた。

やばい！　と思ったその時、地上から放たれた特大の火炎放射が角鳥を呑みこんだ。

炎の破壊砲はさらに方向を変え、配下の鳥神達も次々に焼き払っていく。

後には、雲も全て吹き飛んだ綺麗な青空が広がっていた。

……本当に、まとめて片付けてしまった。

視線をやると、全身に煌く水晶を付けた体長七十メートルほどの巨竜が、村の前に悠然と立っている。

高貴なる宝石竜、【水晶神竜】エデルリンデだ。

――――。

「チェルシャさん、あなたは大したものでしてよ。強くなる努力を惜しみませんし、才能も百年に一人の逸材です。千年以上生きている私が言うのですから間違いありませんわ」

村に戻る道すがら、再び人型になったエデルリンデが何とも愉快そうに微笑んだ。

……私が百年に一人の逸材なら、あのどんぐりはいったい何なのか。

とにかく、コーネルキアにはそんな逸材がゴロゴロいるので、私はまだまだ強くならないといけない。

とりあえずもっとマナを増やしたい。

タイミングよく村の方からハンナがこちらに走ってくる。

私は近くに横たわっている【冥獄凶鳥】を指差した。

「ハンナ、あれで焼きとり作って」
「あんなに大きな鳥は調理したことが……」

ジャガイモ農家の村娘、剣神と謳われるまで。

Jagaimo nouka
no muramusume,
Kenshin to
utawarerumade.

追　章

神様の粋な計らい

Jagaimo nouka no muramusume,
Kenshin to utawarerumade.

〜キオゴードの視点〜


統一暦八六七年七月下旬。

白髭《ひげ》をさすり、俺はリズテレスからの手紙を閉じた。

彼女によれば、いよいよ南方遠征が始まるらしい。

こんなに嬉しい報せはない。あの地域の併合は俺の長年の悲願なのだから。

一から国を創り、夢中で駆け抜けてきた。気付けば齢は六十過ぎ。人生の残り時間を考えれば、諦めるのも仕方ないと思っていた。ほんの数年前までは。

……まさかリズテレスの新騎士団構想がこれほどうまくいくとはな。

彼女は、俺が経済力を上げたおかげだと言ってくれているが、俺にできるのはそれくらいしかなかった。その主力の酒にしても、彼女の事業計画に沿ってここ十年で販路を大幅に増やし、収入は倍増している。

前世の理律はゼロスタートから会社を経営するまでになり、国トップの教育機関のトップまで上った。小国でも元になるものがあればこの程度は難しくないのだろう。前よりさらに用意周到になっているしな。

言ってしまえば、今のコーネルキア騎士団はリズテレスが周到に用意した賜物《たまもの》だ。俺がマナの引力について話した時、リズテレスはそれを使って戦力を集めると言った。

マナには魂を引き寄せる力がある。

一部の神獣だけが知っている技で、ユウタロウはこれで俺を見つけた。俺もその力でマリアンさんと会い、理律の魂を呼んだわけだが。

同様に、リズテレスはコーネルキアの戦力になりそうな魂（人間）を呼び続けている。

最初に軸となるレゼイユとジル。それから、強くなることしか考えていないナンバー3に、陰キャを極めたようなナンバー4。ライに、リオリッタ、は違うか。……ああ、俺の見つけたロサルカはたぶんそうだろう。思えば、あんなだだっ広い荒野で偶然出会うわけない。マナの引力とは運命に干渉する力だ。あとは光属性を習得したチェルシャ。

そして、まだ歳若いセファリスと、トレミナ……。

「いや、トレミナ導師か……。リズ、またすごいのを引き当てたな」

レゼイユと同じく特殊な精神性を持ち、技能と対話までできるとは。

〈トレミナボール〉さん、だと……？　なんだか可愛いじゃないか」

本人もどんぐりに似ていて可愛いらしい。

一度会ってみたい気持ちはある。リズテレスも全強化技能〈トレミナゲイン〉を渡したいから帰ってこいと言ってるしな。だが、俺には安易に帰れない事情があった。

「……俺が創った国なのに。……最近独り言多いな、俺。年齢のせいか？」

座っていた岩場でそのまま仰向《あおむ》けに寝ころんだ。

自然と快晴の空が目に飛びこんでくる。

ここは大陸の北側中央に位置する、空白地帯の草原だ。コーネルキアの南側だけじゃなく、世界にはこういった地域が多数ある。

国ができては消え、またできては消え。

滅ぶ原因は、たまに人間の場合もあるが、大半は野良神だな。

国がなくなっても、変わらずそこで暮らす人達はいる。彼らにしてみれば、やはり守ってくれる国はあった方がいいだろう。日々の危険の度合いが全く違う。

俺もどうにか南の人々を助けたいと調査に乗り出したのが、コーネルキアが軌道に乗り始めた三十余年前だった。

その時、一人の女性と出会うことになる。

これが今、国に帰りづらい事情の発端になっているんだが……。

まあ一つ年寄りの昔話だと思って聞いてくれ。あらかじめ言っておくが、俺だってこの世界で六十年生きてきたんだ。今日まで色んなことがあったさ。

……駄目《だめ》だな、何を言っても言い訳になってしまう。

……まあ、聞いてくれ。

南に点在する部族の村の一つで、俺はある女性に出会った。

「お前、何て名だ？　私の名はアルシカだ」

名乗った通り、彼女の名はアルシカ。年齢は十七歳でとにかく活発な人だった。思いたったらあまり考えずに即行動。そう、理律とは完全に真逆のタイプだ。

だが俺は、……そんな彼女に惹かれるようになっていた。

王として国中を駆け回る（建国したての小国だから仕方ない）合間を縫って、俺はしばしばアルシカに会いに行った。

やがて関係は深まり、彼女をコーネルキアに迎え入れる決意をした。

ところがその矢先、アルシカは突然姿を消す。

残された手紙には、他に好きな人ができた、とだけ。直接的な物言いの彼女らしいが、俺は信じられない思いだった。

それからは彼女への未練を振り切るように国創りに没頭した。

また、俺が一人の女性にふられたことは、そこに住む人々には全く関わりないことだ。少し辛くはあったが、南方の調査は続けた。

そうして十年が過ぎた頃、俺は思いがけずアルシカの所在を知ることに。故郷から大分離れた村に移住していた。

彼女は病で伏せり、俺が会いに行った時はすでに重篤だった。

部屋に入ると、寝ていたアルシカはどうにか顔だけをこちらへ。

「……これは、神様の粋な計らいか。久し振りだな……、キオ」

「今、アルゼオンに会ったよ。十歳でもう村を守っているとは大したものだ。……あの子は、俺の子だな？」

彼女は答える代わりに小さく微笑んだ。

「十年前、どうしてあんなことをした？」

「……頭の悪い、私でも分かったから。あの時……、お前とコーネルキアにとって、とても大事な時期だと……。……私のような女は、重荷にしかならない」

「それくらい、俺は背負って」

「私が勝手に、したことだ……。気にするな……、はぁ、はぁ……」

アルシカはもう喋るのも辛そうだった。残り時間はそれほど長くないのが伝わってくる。

彼女のために何をしてやれるのか、必死に考えを巡らせた。

「アルゼオンは俺が父親としてしっかり育て上げる。次の王はあの子だ」

「だったら、養子にしろ……。父親だと知れたら、……殺されるぞ」

「……お前、父親についてどう教えてるんだ？」

「ふふ、ふ……、強くなるには、怒りも必要、ということだ……」

懐かしい彼女ペースのやり取り。

それももう、終わってしまう。

アルシカは最後の力を振り絞るかのように俺を見つめた。

「もう一度、会えてよかった……、キオ……。

……この世界でただ一人、……私が愛した人……」

そう言うと彼女は眠りにつき、目覚めることなく、夜更けに息を引きとった。

何かしてやるつもりが、逆に大きな贈り物をもらった気分だった。

俺はずっと自分の運命を呪ってきた。

どうして理津と一緒にこの世界に来れなかったのか。死の時間差一秒が一年になると分かった時に不安が過り、それはやがて絶望に変わった。

……俺は生きている間に、理津に会えないかもしれない。

前世の最期に見た彼女の姿。助かったとは思えないが、あの後何百秒も生きた可能性はある。

絶望の中で導き出した答。

だったら、俺は何百年も続く王国を創ろう。理津ならコーネルキアという名前で必ず気付いてくれるはずだ。

彼女への恋心は執念に変わっていった。

そう決めてもやはり辛さは残る。

俺の役目は好きな子のために国を用意することなのか……。ユウタロウが傍《そば》にいてくれなかったら耐え切れないところだった。

そんな折に出会ったのがアルシカだ。彼女といると悩むのがバカらしくなってくる。

そして、旅立つ前に遺してくれた言葉。

この世界でただ一人。

自分という存在を、魂を、肯定してもらえた気がした。

――――。

「アルシカ……」

自然と目から涙が。

拭《ぬぐ》いながら岩の上で体を起こした。

「ダメだな、歳のせいか涙もろく……、何でも歳のせいにするのはよくないか」

実際、俺の肉体は近頃若返りつつある。リズテレスが頻繁に、手紙と一緒に上位神獣の稀少肉を送ってくれるからだ。

マリアンさんもよく食べさせられているらしく、顔の皺《しわ》が消えたと言っていた。俺も四十代の体に戻った感じがする。

リズテレスは大分先に転生してしまった俺達に、少しでも長生きしてほしいのだろう。ああ見えて、あの子は前世からとても優しい。さすが俺の孫だ。

……そうだった。

つまり、アルゼオンは俺の本当の息子で、リズテレスは血のつながった実の孫ということだ……。

この事実をアルゼオンは知らない。一度父親の話をしようとした時、あいつはすごく怖い顔になった。

アルシカ、ほんと父親についてどう教えたんだ……。

だがリズテレスは、アルゼオンに対する俺の何気ない仕草からすぐに気付いた。

以来、彼女の言葉にはやたら棘《とげ》が含まれるように。

この手紙でもそうだな。

『――――。守護神獣に関してもこちらで目途がついたから、もういい加減に帰っていらしたら？

この国は、あなたが長い時を掛けて、色々とあった上で、築き上げた王国なのですもの。ねえ、おじい様？』


……最後にしっかり棘が刺さってる。

これが、俺がコーネルキアに帰りづらい理由だ……。

前世のことは、リズテレスにとってはまだ最近のことでも、俺にとっては半世紀以上前のことなんだぞ。少しは大目に見てくれ。

かつて恋心だった彼女への感情は、長い執念の時を経て、それも成就して、今や祖父が孫娘を見守るようなほっこりした想いに変わっている。ようなというか、そのまんまなんだが。大切な存在であることに違いはないし、彼女には今回の人生こそ幸せになってほしい。

想いの形は変わっても、やっぱり俺は一途なんだと思う。

「お前もそう思うだろ？　だから俺に力を貸してくれるんだよな」

目の前に浮かべた光の精霊に尋ねると、返事をするように瞬いた。

俺を理解してくれるのはこの精霊とユウタロウくらいだ。

もし神様ってのが本当にいるなら、ちょっとは俺を評価してくれないだろうか。人生の大半を費やして、皆が生きていける土台を造ったんだから。

「いるのは獣の神だけか……」

呟いて光の精霊をちょこんと指先に乗せる。

ちなみに、アルゼオンも光属性を使えるが、それは別に不思議なことじゃない。なぜなら、俺だけじゃなくアルシカも……、む？　なんだ？

戦いの気配を感じ、草原の向こうへ視線をやった。

目にマナを集めて凝らす。

どうやら若い女性が一人で数頭の野良神と戦っているようだ。

敵は牛神か。結構でかいな、【剋牛】が四頭に【剋甲牛】が一頭。

あの子はこの辺の部族の戦士だな。大した腕前だが……、このままじゃまずい。

……どうしたものか、俺が加勢してもきついぞ。長年マナを使用してはいるが、俺はリズテレスやナンバーズのような怪物じゃないしジジイだ。

とはいえ、ほうってはおけんよな。

「こいつもあるし、何とかなるか……」

と傍らに置いた剣を取り、岩場から飛び下りた。

草原を駆けながらさらに様子を探る。

槍を振るう部族の女性のマナが妙に気になった。

……何だ、このやけに懐かしい感じは。

それより、あの子が使っているのはまさか光属性か？　こんな所で光の使い手同士が出くわすなんてどんな確率だ。

しかし、二人で協力すればどうにか切り抜けられるだろう。かつてアルシカと一緒に戦った時のように。

……いかん、また涙が。

今は余計なことは考えるな。

だがあの子のマナはまるで……、……いや、そんなこと、あるはずない。

「俺も手伝う！　光霊よ、しばし剣に宿りて刃となれ！」

鞘から抜いた剣が光を纏う。

〈**シャインスラッシュ**〉！

振ると輝く刃が牛神に向かって飛んでいった。

槍を構え直した部族の女性は、笑顔を弾けさせる。

「感謝する！　なんとお前も光霊を操れるのか。さてはどっかの国の勇者だな！」

「……通りすがりのジジイだ。だからそれほど力にはなれん、油断するな」

実際、俺の放った技は、体長七メートルある【**剋牛**】にはあまり効いていない。

やはりここは剣に頼るべきか。

この黒煌合金の剣はリズテレスが送ってくれた最新の魔導兵器だ。〈**プラスソード**〉が付与されている上、そこに属性も反映させられる。

つまりこいつを使えば、より大きく威力も高い〈**シャインスラッシュ**〉が撃てる！

剣先に二メートルほどの煌く刃が伸びた。

薙ぐとさっきの三倍はある光の波動が。

「ヴモォォ────ッ！」

直撃した【兕牛】を数メートル跳ね飛ばした。

見ていた部族の女性は、キラキラした眼差しをこちらに。

「その剣いいな！　私の槍と交換しないか！　こいつは親父を倒して奪った族長の証だぞ」

「じゃあお前、その若さで族長なのか。そんな大事な物を安易に手放しちゃ駄目だろ……」

「いい！　部族の誇りより攻撃力だ！」

「近頃の若い奴は……。伝統をもっと重んじろ」

「はっはっは、さすがジジイの勇者だ。言うことが違うな」

「このクソガキ……」

……俺は、夢を見ているのか？

こんなかけ合いをすることは二度とないと思っていた。できる相手は二十年も前にこの世を去ったのだから。

そう、二十年前だ。

この世界では魂は巡り、また新たな生を得る。

だが、ここまでの奇跡が起きるなんて……。

「おい勇者！　危ないぞ！」

族長の女性が注意喚起。

【兕牛】が勢いよく突進してきていた。

まともに食らえばトラックにはねられるより大変なことになりそうだな。全身に電気を帯びているし、〈**雷の突進**〉って神技か？

当然、避けるだろ。

かわしざま、伸びた光の刃で牛神の体を斬る。

土煙を上げて【剋牛】は崩れた。

「ほんといいな、それ。槍よりリーチ長いとか反則か。もっと伸ばせたりするのか？」

部族の娘はしげしげと剣を眺める。

「伸ばせるが、威力や強度を考えれば俺のマナだとこれくらいだな」

「私に貸してみろ。その倍いってやる」

「貸さん。お前、返す気ないだろ」

「なぜ分かった！」

分かるさ、前にもお前は同じことをした。

ゆっくり会話を楽しみたいところだが、まずはあいつを何とかしないとな。

体長十五メートル近くある【剋甲牛】が俺達を睨みつけていた。

先手を打って〈**シャインスラッシュ**〉を放つも、鱗で覆われた巨体に弾かれる。

すると向こうは前脚で地面を叩いた。

発生した炎の塊が大地を削って襲いくる。〈**火の蹄**〉だ。

ゴオオォォ――――！

「もう戦車と戦ってる気分だ。光霊よ、悪しきものを拒絶する壁となれ。〈シャインウォール〉！」

俺の出した防壁がどうにか炎を食い止めた。

若い族長は「やれやれ」と腕組み。人に守らせておいて余裕か。

「あいつはこの辺りの村々を荒し回ってる悪名高い暴れ牛だ。今日こそ仕留めてやりたいけど、勇者がいても無理か。勇者、ジジイだしな」

「うるさいな……、手ならある。お前、一緒にこの剣を持って光霊を注ぎこめ」

「同じ属性でも使い手が違う精霊は、合わせても大した威力にはならないぞ」

「普通はな。だが、俺とお前ならたぶん大丈夫だ」

リズテレスの手紙にあった、トレミナ導師が発見した〈合〉という技。よほど相性が良くないと効果は生まれないらしい。

それでも、俺達ならできる気がする。

彼女は半信半疑の様子で手を出してきた。

直後、剣を覆っていた光霊が眩い輝きを。

シュィィン…………！

完成したのは刃渡り十メートルにも及ぶ光の大剣だった。

「すげえ！　これが私の真の力か！」

「二人の、だ。こいつで〈シャインスラッシュ〉を撃つ。息を合わせろ」

「任せろ。せーの……」

シュザザンッッ！

――――。

大地には巨大な爪跡。

その先で力尽きた【剋甲牛】が横たわっていた。

ふーむ、ここまでの破壊力とは。二人で力を合わせれば守護神獣とも戦えそうだ。

まあ、あえて言わんがな。こいつはすぐ調子に乗るから。……言わなくても、もう乗ってるか。

族長の女性は、仕留めた暴れ牛神の前で誇らしげに胸を張っている。

「やったぞ！　これは私が総族長になる日も近いな！」

「なんだ、総族長ってのは」

振り返った彼女は不敵な笑み。

「ふっふっふ、周辺の部族をまとめる、長の中の長だ。私な、実は一帯の諸部族からなる連合国を創りたいんだよ。今度は私が皆を守る国を……、
ん？　今度は、ってなんだ？　まあいいや。

なあ勇者、一緒にやらないか？　私、なんだかお前のことが好……き、き！　気に入った！　二人だとすげえの出せるし！」

……そうか、今度はお前が、な。

「いいだろう、手伝ってやる。俺は少しばかり経験があるから色々教えてやるよ」

「ほんとか！　あれ？　お前、ちょっと泣いてないか？」

「歳をとると涙もろくなるんだよ……。ところで、お前は何歳だ？」

「十七だ。そういや、まだ名乗り合ってなかったな」

こんなこと、起こりえるのだろうか。もう本当に奇跡と呼ぶ他ない。

マナの引力のおかげか？

彼女は再び笑顔を作っていた。まったく、相変わらずよく笑う。容姿は変わっても俺には分かる。

もう一度だけでいいから見せてほしいと、俺がずっと願ってきた笑顔だ。

「お前、何て名だ？　私の名は――」

天を仰ぐも、止めようもなく涙は溢れた。

……いや。これが、神様の粋な計らいってやつか。

《了》

ジャガイモ農家の村娘、剣神と謳われるまで。

Jagaimo nouka
no muramusume,
Kenshin to
utawarerumade.

あとがき

お読みいただき、有難うございます。

おかげ様で二巻の出版となりました。

この巻はトレミナの成り上がりが特に顕著になっています。今回は巻きこまれる形ではなく、自分から騎士として任務に赴いていますので、その辺りのトレミナの成長も楽しんでいただけましたなら嬉しいです。

また、同時に周囲の人々のエピソードや成長も書いていければと思っています。特にセファリスやキルテナは、トレミナと一緒に成長していく姿を描ければと。コーネルキアという国の話でもあるので登場人物が多いのですが、なるべく雑にならないように頑張ります。

今回の追章について。カバーイラストにチェルシャを入れていただいたので、この巻は本編での登場が少ないこともあって彼女の話にしようと思いました。

内容の方はかなり先取りしており、特典としての要件も満たしつつ、一つの話にまとめられたかなと感じています。

もう一つの追章、キオゴードの話はかなり以前から考えていました。リズテレスより大分早く転生して彼女のために王国を創るという、あまりにも可哀想な境遇。なんとかしてあげたい思いがありまして。結果、リズテレスとは実の祖父と孫になってしまいましたが……。

キオゴードはこの後、再び国創りに励むことになります。これが後々物語に影響……、してくるかもしれません。


ところで、この巻に合わせてコミック一巻も発売になります。

実は私自身、そちらの方もとても楽しみにしています。明かしてしまえば、私は小説より漫画の方が読んでいる量が圧倒的に多いです。私の小説がなんだか漫画っぽいと思われた方がおられましたら、そのせいかもしれません。実際に製本されるのが待ち遠しいです。

というわけで私は漫画が好きなのですが、今一番好きな本は、と問われれば自分の書いた小説と答えると思います。自分の書いた物語が好きで、いつも完成してから何度も読み返しています。そういう意味では、今は漫画より小説の方が読んでいる量は圧倒的に多いかもしれません。変わった人ですみません。

それだけ時間を掛けて書いているとも言えますので、楽しんでいただけましたなら幸いです。

最後に改めまして。お読みいただき、有難うございました。

有郷　葉

唯一無二の最強テイマー
～国の全てのギルドで門前払いされたから、
他国に行ってスローライフします～
原作：赤金武蔵　漫画：田村紘一
キャラクター原案：LLLthika
異世界還りのおっさんは
終末世界で無双する
原作：羽々音色　漫画：ダンタガワ
ジャガイモ農家の村娘、
剣神と謳われるまで。
原作：有郷　葉　漫画：たぢまよしかづ
キャラクター原案：黒兎ゆう

雷帝と呼ばれた
最強冒険者、
魔術学院に入学して
一切の遠慮なく無双する
原作：五月蒼　漫画：こばしがわ
キャラクター原案：マニャ子
どれだけ努力しても
万年レベル0の俺は
追放された
原作：蓮池タロウ　漫画：そらモチ
モブ高生の俺でも冒険者になれば
リア充になれますか？
原作：百均　漫画：さぎやまれん　キャラクター原案：hai
COMIC NOVA ノヴァ
https://www.123hon.com/nova/
話題の作品
続々連載開始!!

ジャガイモ農家の村娘、剣神と謳われるまで。2

発　行
2023年10月13日　初版発行

著　者
有郷　葉

発行人
山崎　篤

発行・発売
株式会社一二三書房
〒101-0003　東京都千代田区一ツ橋2-4-3 光文恒産ビル
03-3265-1881

編集協力
株式会社パルプライド

印　刷
中央精版印刷株式会社

作品の感想、ファンレターをお待ちしております。
〒101-0003　東京都千代田区一ツ橋2-4-3 光文恒産ビル
株式会社一二三書房
有郷　葉 先生／黒兎ゆう 先生

Printed in Japan, ISBN 978-4-8242-0044-0 C0093
※本書は小説投稿サイト「小説家になろう」（https://syosetu.com/）に
掲載された作品を加筆修正し書籍化したものです。